la courte échelle

Les éditions de la courte échelle inc.

Marie Décary

Marie Décary est née à Lachine en 1953. Après des études en communication, elle travaille tour à tour comme recherchiste, journaliste, scénariste, cinéaste, réalisatrice et romancière. Tout ce qui touche les arts la passionne.

Marie est une vraie citadine. Elle a habité plusieurs quartiers de Montréal. Été comme hiver, elle adore faire ses courses au marché en plein air tout près de sa maison: elle a l'impression d'être en voyage quelque part dans le monde, en Italie ou ailleurs.

Des idées plein la tête, Marie adore raconter des histoires. Son imagination débordante lui inspire des romans où se mélangent joyeusement une petite note de magie, un zeste de folie, une pointe d'humour et un brin de fantaisie. Ses romans *Amour, réglisse et chocolat* et *Au pays des toucans marrants* ont été traduits en chinois.

Nuisance Publik est le quatrième roman qu'elle publie à la courte échelle.

De la même auteure, à la courte échelle

Collection Roman Jeunesse
Amour, réglisse et chocolat
Au pays des toucans marrants

Collection Roman+
L'incroyable Destinée

Marie Décary

Nuisance Publik

la courte échelle

Les éditions de la courte échelle inc.

P-2

Les éditions de la courte échelle inc.
5243, boul. Saint-Laurent
Montréal (Québec) H2T 1S4

Illustration de la couverture:
Sharif Tarabay

Conception graphique:
Derome design inc.

Révision des textes:
Lise Duquette

Dépôt légal, 3e trimestre 1995
Bibliothèque nationale du Québec

Données de catalogage avant publication (Canada)

Décary, Marie

    Nuisance Publik

    (Roman+; R+38)

    ISBN 2-89021-249-1

    I. Titre.

PS8557.E235N84 1995   jC843'.54   C95-940872-X
PS9557.E235N84 1995
PZ23.D42Nu 1995

PS
8557
E23
N85
1995

... à Walter, encore et toujours!

Des remerciements tout particuliers à Françoise Côté, Danièle Bélanger et François Chénier.

Prologue

Une nuit, un rêve

La chambre est faiblement éclairée par les lumières de la ville qui filtrent entre les lattes du store vénitien. Les murs sont couverts de papier peint aux motifs fleuris qui paraissent gris. Sur le tapis, des tas de vêtements éparpillés créent des formes étranges. Seul le mobilier blanc se découpe dans la pénombre.

Au milieu de ce décor coquet envahi par la nuit, Ariane, étendue sur son lit à baldaquin, dort profondément. Mieux, elle rêve qu'elle vole comme un oiseau.

Libre comme l'air, Ariane nage dans le ciel, elle plane au-dessus des rues de Montréal ou d'une cité qui lui ressemble, se déplaçant plus haut que les maisons sans aucune difficulté.

La sensation est tellement envoûtante qu'Ariane souhaite ne jamais revenir sur terre et elle se laisse porter en toute confiance.

Tout à coup, en bas, la ville n'est plus là. Ariane survole une immense forêt de sapins carbonisés dont les cimes noircies lui frôlent les jambes.

Contemplant avec une grande tristesse ce paysage désolé, Ariane aperçoit une fille qui marche au milieu d'un sentier de terre battue. Elle est vêtue d'une robe magnifique, prolongée par une interminable traîne de velours vert émeraude, et elle ressemble à une mariée.

Au moment où Ariane, intriguée, se demande qui est cette fille, elle atterrit à ses côtés. Du coup, la mariée disparaît, aussitôt remplacée par une étrange créature. Affublée de vieux vêtements crasseux, elle transporte toute une grappe de sacs de plastique sur ses épaules.

À sa grande surprise, Ariane entend la clocharde lui réclamer son aide.

— J'ai besoin de toi. Il faut que tu répares ma robe.

Ariane voudrait lui expliquer qu'elle ne

connaît absolument rien à la couture, mais le décor se transforme encore. Cette fois, elle se retrouve devant ce somptueux château de Pologne dont son père lui a un jour montré des images.

À présent, Ariane se sent irrésistiblement belle et c'est elle qui porte la robe de mariée.

Un garçon apparaît alors à ses côtés. Ariane distingue mal son visage, mais elle est heureuse avec lui. Le plus naturellement du monde, il saisit Ariane par la taille, pose sa bouche sur la sienne et l'embrasse longuement.

Le garçon s'allonge sur elle et l'enlace comme un serpent. Ariane sent son corps contre le sien et elle frémit de plaisir jusque dans son sommeil.

Rejetant les couvertures pour offrir sa bouche, sa poitrine, aux baisers, elle gémit faiblement, comme pour réclamer d'autres caresses. Mais l'image du garçon s'évanouit aussitôt.

Chapitre 1

Sortie de prison

Sur la petite table blanche, à côté du lit, le radio-réveil affiche 8:00 et, comme tous les matins, même heure, même poste, la musique tonitruante d'une des plus populaires stations rock de Montréal se fait entendre.

Malgré les accords déchirants des guitares électriques, Ariane continue de flotter doucement dans un demi-sommeil. Les yeux clos, elle tente de retenir les images de la nuit et d'en savourer à nouveau les sublimes sensations.

Ariane se doute que son rêve cache une énigme. Mais pour l'instant, elle ne peut la déchiffrer. Et puis, il y a la vie, la vraie vie, que l'animateur vedette de la radio se charge de lui rappeler:

— C'était le groupe Les chiens enragés et son plus récent succès. Maintenant, côté météo, il semble que la fin du mois d'août nous donnera des records de chaleur. On nous annonce encore du soleil et un climat tropical. J'en profite d'ailleurs pour souhaiter bonne chance à tous ceux et celles qui rentrent en classe aujourd'hui...

Une bombe lancée au beau milieu de la chambre n'aurait pas eu plus d'effet que ces quelques mots! Ouvrant subitement les yeux, Ariane panique et se croit en retard, comme d'habitude.

Elle se prépare déjà à courir jusqu'à la polyvalente, cet édifice gris que tous les élèves appellent «la prison», mais elle se ressaisit juste à temps.

«Ouf! C'est vrai! Pour moi, tout ça c'est complètement zap, terminé! Adieu, devoirs absurdes et profs débiles.»

Le sourire aux lèvres, Ariane quitte finalement son lit, enfile sa robe de chambre et se dirige vers la salle de bains en repensant aux mois qui viennent de s'écouler.

Il y a à peine un an, c'était la crise à la maison: Ariane haïssait officiellement et définitivement l'école.

Paule, sa mère, avait pourtant tout essayé pour la convaincre du contraire! D'abord, elle avait passé des soirées entières à surveiller les travaux de sa fille et l'avait récompensée quand ses bulletins étaient bons. Puis, elle avait inscrit Ariane à des cours privés qui coûtaient les yeux de la tête. Enfin, elle lui avait même fait consulter un orienteur et un psychologue.

Rien à faire! Ariane ne possédait peut-être pas de plan de carrière, mais elle savait exactement ce qu'elle ne voulait plus.

Évidemment, Paule n'avait pas tout de suite lâché prise. Elle appartenait à la génération des super-femmes et ne laisserait sûrement pas sa fille se transformer en mollusque sous ses yeux.

— Après tout, tu n'as que quinze ans! Si ton père était encore là, je suis sûre qu'il insisterait lui aussi pour que tu termines au moins ton secondaire, avait-elle fini par lancer, en désespoir de cause.

Cette fois, Paule était allée trop loin et Ariane avait rompu les ponts. Le souvenir de son père était enfoui comme un trésor au fond de son coeur, et elle n'accepterait pas que sa mère s'en serve comme d'une arme.

Dorénavant, ce serait la guerre.

Au cours de ce terrible combat, Ariane avait changé trois fois la couleur de ses cheveux, multiplié les fugues et collectionné les échecs scolaires.

Résultat: à la fin de l'année, la directrice de «la prison» avait annoncé qu'elle ne pouvait accepter mademoiselle Ariane Doucette-Adamcewski pour une troisième tentative en secondaire III.

Ce soir-là, Paule avait poussé des hauts cris et versé un torrent de larmes. Ariane aussi avait pleuré, seule dans sa chambre.

Sous sa carapace d'adolescente pure et dure, elle possédait malgré tout un coeur tendre. Elle détestait faire de la peine à sa mère, celle qui lui avait tout donné et qui était aussi protectrice que la maman Poule de ses contes d'enfance.

Pourtant, Ariane n'avait d'autre désir que de vivre à sa guise. Maintenant.

Épuisée et à bout de nerfs, Paule avait finalement capitulé, tout en posant ses conditions.

— Si tu quittes l'école, il va falloir que tu gagnes ta vie. Moi, je ne continuerai pas à te nourrir et à te loger si tu restes ici à te tortiller les cheveux autour des doigts.

— Pas de problème, avait répondu Ariane d'un air détaché.

Et, pour sceller cette espèce de traité de paix, elle avait sauté au cou de Paule et l'avait embrassée en lui jurant qu'elle ne le regretterait pas.

Mais Ariane n'avait pas tenu parole. Avec l'excuse des beaux jours qui passent et ne reviennent plus, elle avait plutôt profité de l'été pour se payer des vacances aux frais de sa mère. À la maison, l'atmosphère était vite redevenue explosive.

Lorsque Ariane rentrait trop tard, Paule jouait les agents de la brigade antidrogue et reniflait les vêtements de sa fille tout en lui examinant le blanc des yeux. Elle reprochait aussi à Ariane de gaspiller sa vie et son argent. Elle désapprouvait même sa façon de s'habiller.

— Tu ne vas quand même pas te promener dans la rue avec ça! lui avait-elle lancé un soir, le ton tranchant.

Le «ça» en question, c'était un tee-shirt noir sur lequel était inscrit en grosses lettres blanches et rouges: «Voulez-vous coucher avec moi?»

Vraiment exaspérée, Ariane avait répliqué bêtement, en regardant sa mère comme si elle s'adressait à une minus.

— Ça ne veut rien dire. C'est la mode. J'imagine que je devrais en porter un qui afficherait un slogan du genre «J'aime maman»?

C'était clair! Paule et Ariane ne se comprenaient plus et devenaient des étrangères, presque des ennemies.

Les lendemains de ces inévitables accrochages, Ariane entreprenait quelques démarches pour se trouver du travail. Pourtant, aucun emploi ne lui paraissait intéressant, aucun n'était vraiment à sa hauteur.

Pompiste dans une station d'essence? Trop salissant! Caissière dans un dépanneur? C'était fatigant, pas très payant et peut-être dangereux. On ne sait jamais, un *hold-up* est si vite arrivé! Et puis, finalement, le métier de serveuse exigeait un type d'expérience qu'Ariane ne possédait pas.

— Ce n'est vraiment pas facile pour les jeunes de ma génération, expliquait-elle à sa mère afin de se justifier.

Vers le milieu du mois d'août, Paule était rentrée à la maison après son travail avec un drôle d'air. Pour une fois, elle souriait à Ariane comme avant leurs chicanes des derniers mois.

Déconcertée, Ariane ne comprenait pas le changement d'attitude de sa mère... Que signifiait cette joie subite et inattendue? Paule était-elle amoureuse? Une des vedettes qu'elle maquillait pour la télé l'avait-elle complimentée?

— J'ai quelque chose pour toi, avait-elle finalement annoncé.

Le regard brillant, Ariane imaginait déjà que sa mère, qui finissait toujours par tout pardonner, allait lui offrir un cadeau.

— C'est quoi? demanda-t-elle à sa mère en esquissant un sourire.

— J'ai reçu un coup de téléphone de Gilles. Tu ne te souviens probablement pas de lui, tu étais trop petite à l'époque. C'est un vieil ami avec qui j'ai travaillé sur des plateaux de cinéma. Il revient de la Californie et il a ouvert une boutique de vêtements, une friperie, juste à côté d'ici, rue Mont-Royal. Il est prêt à te prendre à l'essai, comme vendeuse ou quelque chose du genre. Tu commences dans dix jours.

Ariane n'avait pas tout de suite bondi de joie. Elle se sentait même légèrement insultée. Pour qui Paule se prenait-elle donc? Une générale en chef? Croyait-elle que sa fille était une enfant gâtée, une incapable, peut-être une débile dont aucun employeur ne voulait?

Pourtant, Ariane n'avait pas répliqué. Au fond, elle était plutôt heureuse que sa mère ait trouvé une solution à sa place, mais beaucoup trop orgueilleuse pour l'avouer sur-le-champ.

Finalement, plus le «premier jour» approchait, plus Ariane frétillait d'impatience.

***

Toute nue devant le grand miroir de la salle de bains, Ariane examine attentivement son jeune corps de femme. Se mirant de face, puis de profil, elle prend des poses, se sourit, évalue ses charmes, mais, comme toujours, elle demeure insatisfaite.

Oui, elle aime bien ses yeux bleus, ses cheveux châtain clair, sa bouche, ses oreilles et son petit grain de beauté juste au-dessus du nombril. Mais si elle était chirurgienne, Ariane se fabriquerait sûrement des seins plus petits, des jambes plus longues et des fesses un petit peu moins flagadas.

En se pinçant la peau du ventre entre le pouce et l'index, Ariane soupire. Évidemment, ça ne l'aide absolument pas de se comparer aux plus-que-parfaites des revues de mode!

Si elle pouvait au moins dénicher le régime miracle et posséder assez de volonté pour résister aux délicieux petits plats de Paule...

«En tout cas, une chose est certaine: si je reste plantée ici, je vais déprimer», se dit-elle, en se précipitant sous la douche.

Enfin libérée de son exercice d'autocritique, Ariane glisse sa tête sous le jet d'eau tiède et, les yeux fermés, se réconforte en pensant à ce qui l'attend.

«Super! C'est vraiment super! Je vais faire de l'argent!»

Depuis sa tendre enfance, Ariane a subi le plus puissant des lavages de cerveau: celui de la télé qui glorifie la consommation à tout prix. Mais pour l'instant, elle s'en fout complètement et, les yeux fermés, elle se contente de rêver.

Être payée, même au salaire minimum, lui permettra sûrement de s'offrir tout ce que son coeur désire. Sur la liste de ses futurs achats, que seul un père Noël du Texas pourrait combler, il y a déjà une veste de cuir, un lecteur de disques compacts portatif, des patins à roues alignées et quoi encore!

Ensuite, à dix-huit ans, l'âge où tout est permis, Ariane s'achètera une auto. Elle qui n'a jamais eu à se soucier ni à souffrir de la hausse du prix du lait s'imagine déjà au volant d'une jeep rouge.

Puis, à peu près en même temps que la jeep, elle aura son appartement. Même si Paule est, malgré tout, la plus compréhensive de toutes les petites mamans poules, Ariane considère qu'il sera bientôt temps pour elle de quitter le cocon familial et surtout d'être libre!

Poussant sa rêverie encore plus loin, Ariane s'imagine dans un pays où il fait chaud même l'hiver. Elle se voit étendue sur le bord de la mer, le visage offert au soleil, tandis que les vagues de l'océan lui lécheraient les jambes. Et pour compléter le tableau, elle ajoute quelques palmiers et surtout le regard d'un beau garçon bronzé posé sur elle.

Idéalement, l'homme de ses rêves sera un peu plus vieux qu'elle, assez grand, plutôt beau, les cheveux et les yeux noirs... et peut-être qu'avec lui, elle connaîtra des sensations encore plus fortes que dans son rêve de la nuit passée.

Enflammée par ses pensées, Ariane savonne langoureusement ses aisselles, son ventre et ses seins, tout en chantonnant le fameux succès du groupe Les chiens enragés. Puis, elle s'empare de la pomme de douche et passe le puissant jet d'eau sur son corps avant de le glisser entre ses jambes...

Fonçant dans le nuage de vapeur qui flotte maintenant dans la salle de bains, Paule arrive malheureusement juste à temps pour interrompre le plaisir de sa fille.

— Ariane, dépêche-toi. Ça fait une demi-heure que tu es là et le réservoir d'eau chaude est en train de se vider.

Chapitre 2

Dans la jungle

Ailleurs dans la ville, une autre jeune femme commence elle aussi sa journée.

Elle vit dans un hangar, derrière une maison désaffectée et, tous les matins, elle quitte son repaire pour entreprendre sa longue marche quotidienne. Elle se déplace lentement, refaisant sans cesse le même trajet dans la chaleur déjà torride du matin.

Elle appartient à un tout autre monde. Elle ne connaît plus son nom, et les phrases qui s'accumulent dans sa tête sont souvent en désordre.

Elle ne parle jamais à personne, sauf à elle-même.

La plupart des êtres humains que je rencontre changent de trottoir quand ils me voient. Ils pensent que je suis nulle, que je pue et que je suis comme ça parce que je l'ai voulu.

C'est vrai que je mène cette vie-là parce que je l'ai choisie. C'est vrai aussi que tout ce que j'ai, je l'ai trouvé dans la rue. Même mon nom: Nuisance Publik. Je le sais, personne ne veut m'entendre. Personne n'a de temps à perdre. Mais je vais quand même raconter ce qui m'est arrivé. C'est comme un cri du coeur, il faut que ça sorte!

L'autre fois... je ne me souviens plus quand, mais il faisait froid. Pour me protéger du vent, je marchais la tête baissée, les yeux aussi minces que des fentes de parcomètre. J'ai remarqué qu'un homme venait vers moi, une espèce d'habit pressé... C'est comme ça que j'appelle ceux qui marchent trop vite sur le trottoir.

Lui, il avait l'air propre et correct de la tête aux souliers. Et quand je dis la tête, je ne parle pas seulement des cheveux, mais de ce qu'il y a en dessous. C'était sûrement le genre d'être humain qui se croit supérieur aux autres parce qu'il ne fume pas, ne boit pas et qu'il fait tout avec modération pour ne pas user son petit corps bien entraîné.

Son téléphone cellulaire collé à l'oreille, il avait l'air stressé. J'ai pensé: ou bien son compte en banque est dans le rouge, ou bien c'est le contraire et il est en train d'ajouter une couple de zéros à son chiffre d'affaires.

En tout cas, il ne m'a pas vue et il a foncé sur moi. J'ai bien essayé de l'éviter, mais les deux gros sacs que je transporte sur mes épaules ne me permettent pas exactement des déplacements de ballerine...

On a fait un face à face spectaculaire! Son appareil lui a glissé des doigts et a rebondi par terre. Sa mallette s'est ouverte et j'ai vu des tas de feuilles de papier s'envoler comme des oiseaux qui retrouvent leur liberté.

Le pauvre, il a craqué! C'était presque drôle de le voir courir après sa paperasse et ramasser son téléphone comme s'il s'agissait d'un enfant blessé, son bébé.

Là, il m'a dévisagée comme si le feu sauvage que j'ai en permanence au coin de la bouche allait lui sauter à la figure. J'ai tout de suite compris qu'il n'était pas d'humeur à faire un constat à l'amiable. Et là-dessus, je ne me trompe jamais: je reconnais vite l'être humain qui va devenir bête.

Il a ouvert la bouche et il m'a traitée de Nuisance Publik. Il a ajouté qu'ILS devraient tous nous exterminer, moi et les gens de mon espèce. Il me crachait ça en pleine face, tout en essuyant ses manches, comme si le seul fait de m'avoir touchée l'avait contaminé à mort.

Sur le coup, je n'ai rien dit. Répondre, c'était déjà lui accorder trop d'importance. Et puis, je n'avais pas vraiment le choix, s'il avait fallu qu'un policier se pointe, j'étais foutue.

Alors, avant qu'il s'énerve davantage, j'ai déguerpi en cinquième vitesse avec l'idée de me rendre jusqu'au prochain terrain vague, celui qu'on appelle le Bloc à cause des gros morceaux de béton alignés sur le bord du trottoir. C'est juste à côté du mur de briques où le graffiti «crotte de nez» est écrit en grosses lettres.

Pas loin de là, il y a aussi un restaurant où plein de chanceux mangent à leur faim. Normalement, l'endroit est occupé par des «crêtes» multicolores qui apostrophent les passants, mais à cause du froid, c'était plutôt désert.

Donc, une fois rendue au Bloc, je me suis arrêtée et j'ai revu toute la scène. Mon coeur battait comme un fou furieux dans ma cage thoracique et là, j'ai explosé. Sur le trottoir, les gens faisaient des détours pour éviter de me regarder. Je gesticulais et je gueulais comme si l'homme qui m'avait baptisée Nuisance Publik était encore devant moi:

— Écoute-moi, mon espèce d'énervé. Tu sauras que je ne viens pas de la planète Mars. Je vis et je respire, exactement comme toi. La seule différence, c'est que moi, je ne suis pas une esclave, je suis une grande aventurière. Je suis libre, et la liberté coûte encore plus cher que tous les voyages, les autos et les maisons que tu peux te payer.

Je savais ce que j'aurais dû faire: me rapprocher de lui, poser mes mains sales sur ses beaux vêtements, juste pour lui faire peur. Ensuite, continuer à lui cracher ses quatre vérités:

— J'aimerais bien te voir à ma place. Tu ne survivrais même pas une journée. Ici, c'est la jungle! Un jour, mon gros épais, tu verras ce qui va t'arriver. Tu vas crever comme tous les autres! Il sera trop tard pour penser à ce que tu aurais pu faire de mieux que de rester coincé dans ton petit habit pressé.

Chienne de vie! Et puis, je ne suis pas une criminelle. C'est vrai qu'une fois, j'ai volé de l'argent à une personne qui ne le méritait pas. Mais je n'ai jamais tué personne! Je ne suis même pas méchante et, si je le deviens, ce sera à cause d'êtres humains comme lui.

D'ailleurs, depuis cette mauvaise rencontre, je me contente de regarder le trottoir. J'observe les pieds des autres qui vont et viennent dans toutes les directions. Je ne lève pas la tête. Je ne veux plus voir le monde.

Maintenant, le trottoir, c'est mon seul paysage. Je marche dessus à longueur de journée. Et quand je marche, je pense.

Nuisance Publik s'arrête à côté d'une poubelle de la ville particulièrement débordante. Le bras enfoui jusqu'au coude, elle fouille entre les canettes vides et les déchets puants dans l'espoir de découvrir quelques restants intéressants.

De ses doigts crasseux, elle retire finalement un sac de papier brun et l'ouvre rapidement. Mais à part quelques frites froides dégoulinantes de ketchup, elle n'y trouve rien de recyclable, encore moins quelque chose qui vaille la peine de saliver. Déçue, Nuisance Publik donne un solide coup de pied à la poubelle et poursuit sa route, ainsi que son discours solitaire:

Il y a des endroits pour les gens comme moi, je sais, avec des lits, du chauffage, des toilettes, de la nourriture. J'y vais, de temps en temps, pour la grande opération nettoyage. Mais dans ces refuges-là, c'est impossible de dormir ou de rêver en paix. Ceux qui sont dans la rue depuis toujours, les vieux, ronflent. Les junkies *crient parce qu'ils sont en manque, les autres boivent ou pleurent. Et puis, il y a aussi les têtes rasées qui vous attaquent pour le plaisir de vous planter un couteau quelque part.*

Non merci! Moi, j'aime cent fois mieux m'organiser toute seule, même si ce n'est pas toujours facile. Évidemment, des fois je suis obligée de tendre la main pour demander: «De la monnaie, s'il vous plaît.» Mais je ne fais pas beaucoup d'argent.

Dans la rue, quand on veut gagner sa vie, quand on veut ramasser assez de sous pour s'acheter un café brun avec deux ou trois beignes, il faut savoir attirer la pitié au premier coup d'oeil.

Malheureusement, je ne suis pas championne à ce jeu-là. En tout cas, je ne suis pas aussi performante que les autres, les pros, les grandes vedettes du trottoir. Je peux en parler, je les connais à peu près tous.

Laboratoire de didactique
Département des sciences de l'éducation
Université du Québec à Hull

33

Fly, par exemple, tourne autour des gens comme une mouche jusqu'à ce qu'ils crachent de l'argent. Je ne sais pas où il a appris son truc, mais ça marche à tout coup. Un jour, j'ai même vu un homme et une femme lui remettre chacun cinq dollars.

Rocky, un autre expert, attend les voitures au feu rouge, traverse la rue et s'installe à côté du conducteur. Avec l'air sérieux d'un diplômé d'université, il dit simplement:

— Je viens de sortir de prison. J'ai besoin d'argent pour me réinsérer dans la société.

Puis, il y a le *Psy*. Il se tient devant la Société des alcools et chatouille la culpabilité des clients qui entrent en les regardant droit dans les yeux. Très efficace, le *Psy*! Le soir, ses poches sonnent comme les grelots du père Noël.

Les vrais professionnels du théâtre de rue, eux, accostent les gens en disant: «J'arrive de l'Abitibi (ou de la Gaspésie) et je n'ai pas mangé depuis deux jours...» La vérité, c'est qu'ils répètent le même refrain depuis des années.

Mais les plus riches sont ceux qui offrent leur corps, la bouche surtout. Moi, je n'ai jamais eu envie de faire ça, même pour tout l'or du monde! Et puis, je me débrouille très bien autrement, surtout depuis que j'ai appris à suivre mes pieds, plus précisément mes chaussures.

C'est drôle, mais c'est comme ça. Je ne me souviens pas du jour où je suis née, mais je me rappelle comment toute cette histoire a commencé.

Cette journée-là, celle où ma nouvelle vie a vraiment démarré, je me trouvais dans une autre ville... en tout cas, les trottoirs étaient différents. Comme il pleuvait à boire debout, je me suis réfugiée sous l'auvent d'une cordonnerie. J'avais marché pendant des heures, j'étais trempée comme une lavette et je pense que je devais faire pitié parce que l'homme du magasin m'a fait signe d'entrer.

Lui, c'était un gros monsieur chauve, avec des sourcils épais, qui parlait anglais. Heureusement, je venais juste d'en apprendre quelques mots.

En plus d'être chauffée et de sentir le bon cuir ciré, sa boutique était incroyable. D'un coup, j'étais entourée par un bric-à-brac de souliers crevés, de bottes d'hiver grugées par le calcium, de sandales sans talons, de godasses aux semelles trouées, les pieds gauches généralement séparés des pieds droits. Comment dire... C'était comme entrer dans une ville dont les habitants se seraient volatilisés en laissant derrière eux leurs chaussures.

Le cordonnier m'a fait asseoir sur un petit banc. Il m'a observée attentivement et il m'a apporté une paire de bottes rouges. Elles appartenaient, disait-il, à quelqu'un qui les avait oubliées chez lui cinq ans plus tôt. Puis, il s'est accroupi devant moi et il m'a aidée à glisser mes pieds dans les chaussures. Lacées, elles me couvraient des pieds jusqu'aux mollets et m'allaient parfaitement.

Le cordonnier a levé la tête vers moi et m'a dit:

— Ces bottes sont faites pour marcher. Elles sont bonnes pour toi. Pas cher.

J'ai payé avec l'argent que j'avais volé. Ensuite, l'homme m'a reconduite jusqu'à la porte de son magasin et m'a montré la rue. En riant, il a répété que j'étais chanceuse de posséder des bottes aussi spéciales et il a ajouté quelque chose comme: «Le monde t'appartient. Follow your feet.»

J'étais tellement fatiguée que j'ai eu l'impression d'halluciner, mais le cordonnier avait raison. Depuis que je me laisse conduire par mes pieds, j'ai fait beaucoup de chemin! J'ai même pris l'autobus et je ne manque jamais de rien. C'est étrange, mais c'est comme ça. Presque magique.

C'est d'ailleurs grâce à mes chaussures que j'ai trouvé mon repaire quand je suis revenue ici, dans la ville où, paraît-il, je suis née.

C'est vrai! Ce jour-là, j'avais tourné en rond depuis le matin. Tout à coup, sans trop savoir pourquoi, j'ai pris une nouvelle direction. J'ai traversé plusieurs rues, deux parcs et, dans un marché où il y avait des fleurs et des fruits, j'ai ramassé quelques vieilles oranges qui traînaient par terre.

Ensuite, je me suis faufilée dans une ruelle pleine de chats qui miaulaient. Finalement, je suis arrivée devant la porte arrière d'une maison dont les fenêtres étaient barricadées avec des planches.

J'étais essoufflée, mais j'ai monté le petit escalier sombre qui tournait sur lui-même et je me suis retrouvée dans une sorte de cabane recouverte de tôle.

À partir de ce moment, mes chaussures ont refusé d'avancer et je suis restée plantée là jusqu'à ce que mes genoux plient de fatigue. Une fois étendue sur le vieux prélart, je me suis enroulée dans des boîtes de carton qui traînaient et j'ai dormi.

Voilà comment j'ai trouvé mon repaire. Une place juste pour moi où, tous les soirs, je peux m'endormir en me répétant: «Il était une fois, n'importe quoi...»

Ce n'est pas la première fois que Nuisance Publik se raconte cette histoire. Quand elle marmonne comme ça, toute seule sur le trottoir, c'est pour se tenir compagnie et se souvenir qu'elle existe.

Je sais qu'un jour quelque chose d'incroyable va m'arriver. C'est inévitable, mes chaussures magiques me conduisent toujours au bon endroit. En ce moment, par exemple, juste à regarder mes pieds avancer, gauche, droite, gauche, droite, je sais que j'approche de ma rue préférée, celle où il y a plein de choses à voir dans les vitrines. C'est bien, parce que ça me permet d'oublier le reste et de rêver. Et, au moins, rêver ça ne coûte rien...

Chapitre 3

Pelures

— Aujourd'hui, tu commences par jouer à la poupée!

C'est la première directive que le nouveau patron d'Ariane lui a donnée pour commencer sa carrière d'employée, il y a à peine une heure.

Ariane était estomaquée. Paule avait beau l'avoir prévenue, elle ne s'attendait vraiment pas à tomber sur un aussi drôle de numéro, et encore moins à se faire traiter comme une enfant de la garderie.

Sans même lui laisser le temps de répliquer, Gilles lui avait alors montré deux mannequins, nus et beiges de la tête aux pieds.

Puis, il s'était lancé dans une longue explication.

— Tu vois, ma petite Ariane, il y a la récession, les coupures budgétaires et les pertes d'emplois. Mais il ne faut jamais oublier que les gens qui circulent sur le trottoir ont besoin de rêver.

Ariane ne voyait toujours pas de quoi il s'agissait, mais elle n'avait d'autre choix que d'écouter sagement. Après tout, un patron insatisfait, c'était plus menaçant qu'un professeur mécontent. Parce que le patron pouvait refuser de lui verser son salaire!

Le cerveau en alerte comme jamais, Ariane s'était donc efforcée de saisir l'essentiel du discours de Gilles et elle avait finalement compris qu'il était question de faire une vitrine.

Zélé comme une fourmi, Gilles circulait dans la boutique entre les rangées de vêtements. Il avait d'abord choisi une robe de soie verte doublée d'une crinoline rose, puis un pantalon rayé, une chemise fleurie et une cravate zébrée.

Déposant le tout sur une chaise, Gilles avait donné des conseils et même un thème: Ken et Barbie. Pour le reste, c'était clair: Ariane n'avait qu'à se débrouiller toute seule en se servant de son imagination.

— Pense à tout ça et amuse-toi! L'important, c'est que le résultat soit gai!

Il avait dit ça en pouffant de rire, puis il était retourné à ses occupations.

Dans la cabine qui sert de vitrine à la boutique Pelures, à l'avant du magasin, il fait maintenant une chaleur de sauna. Le front perlé de sueur, les mains moites, Ariane se démène pour réussir à manipuler ces espèces de grandes poupées aux membres rigides.

Le mannequin féminin, que Gilles appelle Barbie, a été relativement facile à habiller, mais l'autre, Ken, n'est pas des plus coopératifs. Il faut lui détacher les jambes du tronc, lui enfiler son pantalon, sa chemise, puis l'assembler de nouveau, tout en faisant bien attention à ne pas froisser ni déchirer les vêtements.

Comme première tâche, ce n'est vraiment pas si facile. Et puis, comment Ariane peut-elle réussir à se concentrer avec cette fille sur le trottoir qui guette ses moindres gestes?

C'est simple, Ariane déteste être surveillée. Chaque fois, cela lui fait instantanément perdre tous ses moyens. Elle devient gauche et a toujours peur de gaffer. L'orienteur n'a-t-il pas déclaré à Paule qu'Ariane manquait de détermination et surtout de concentration? Et si c'était vrai?

«Ce n'est pas de ma faute... Si mon père n'était pas mort il y a cinq ans, tout serait différent», se dit-elle pour se justifier à ses propres yeux.

Tournant le dos à la rue et à sa seule spectatrice, Ariane s'efforce de poursuivre son travail, mais elle n'est pas à l'aise dans son personnage d'amuseur public.

Grognant à voix basse, elle saisit vigoureusement Ken par la taille et le place en face de Barbie. Elle oriente ensuite les bras et les jambes des deux mannequins de manière à ce qu'ils aient l'air de danser le rock-and-roll.

Ariane recule d'un pas pour juger du résultat. Puis, elle se retourne et croise le regard de Nuisance Publik.

Ce n'est pas la première fois qu'Ariane voit une sans-abri. Il y en a tellement dans la ville. Pourtant, celle-ci a quelque chose de particulier. D'abord, sa jeunesse. Malgré son chandail crotté et ses vieux pantalons troués, Ariane peut facilement deviner que cette fille n'est pas beaucoup plus vieille qu'elle. Et puis, son visage, même noirci par le soleil et la saleté, est d'une beauté remarquable.

«Que fait-elle dans la rue? Qu'est-ce qui

lui est arrivé? À quoi pense-t-elle?»

De chaque côté de la vitre, Ariane et Nuisance Publik se dévisagent. Ariane remarque alors que la bouche de la sans-abri remue toute seule, comme pour entretenir une conversation imaginaire.

Toi, tu te demandes d'où je viens, ce que je fais de mes journées. Ne dis pas le contraire: je vois les points d'interrogation sur ton visage.

C'est vrai que je passe mon temps à résoudre des problèmes élémentaires, mais ma vie n'a pas toujours été comme ça. L'ennui, c'est que quelque chose m'empêche de me rappeler comment j'étais avant. Il paraît que j'ai déjà eu un avenir plein de promesses: difficile à croire quand on ne se souvient même plus d'avoir tout perdu.

De toute manière, si j'essayais de t'expliquer comment mon cerveau fonctionne, ce serait compliqué. Pour simplifier, disons que je suis obligée de tout recommencer, de tout réapprendre, comme une enfant. Les choses que je sais, on me les a répétées et répétées jusqu'à ce que je les retienne.

Le bon côté, c'est que je me fabrique des nouveaux souvenirs: ceux-là, rien ni per-

sonne ne va me les enlever. Mais peux-tu imaginer ce que signifie venir au monde deux fois au cours de la même existence?

Non, parce que toi, tu as tout cuit dans le bec: une maison, une famille et sûrement une mère qui lave ton linge et te nourrit à ta faim. C'est visible à l'oeil nu! En plus, je gage que tu t'ennuies et que tu te demandes quoi faire de ta vie. Tu vois, j'en connais beaucoup sur ta petite personne.

Reflété par la lumière du soleil sur la vitre, le visage d'Ariane se superpose maintenant à celui de Nuisance Publik. Même si bien des choses les empêchent de communiquer, Ariane ne peut s'empêcher d'imaginer son existence si elle vivait elle aussi dans la rue.

«Au moins, cette fille a réalisé ses rêves. Elle le paie cher, mais elle est libre! C'est sûr, elle a beaucoup plus de courage que moi.»

Ariane est complètement perdue dans ses pensées, lorsque Gilles surgit à ses côtés.

— Elle parle toute seule, mais elle n'est pas dangereuse. Habitue-toi. Depuis que j'ai ouvert la boutique le mois dernier, elle vient régulièrement dans le coin. Il paraît qu'elle fait partie des curiosités du quartier.

— Lui as-tu déjà parlé? demande Ariane, tout en continuant de soutenir le regard de la sans-abri.

— Oui, mais quand on s'approche d'elle, elle arrête de marmonner et elle s'en va. Tu sais, il y a des gens qui sont branchés. Elle, c'est une débranchée!

Sur le trottoir, Nuisance Publik est sur le point de reprendre sa route. Mais avant de partir, elle s'adresse une dernière fois à Ariane.

Non, je ne donnerais pas ma place à personne d'autre, mais il ne faudrait pas que tu te fasses des idées... Il paraît que j'ai 20 ans, mais je pourrais en avoir 200, tellement je suis fatiguée parfois. Chienne de vie! Si tu savais... Le trottoir, ça ne gruge pas seulement les souliers, ça use le coeur.

Complètement étranger à ce qui se passe véritablement entre sa jeune employée et la sans-abri, Gilles examine en souriant la vitrine enfin terminée. D'un air attendri, il considère Ariane de la tête aux pieds. Une fois de plus, son commentaire est déconcertant:

— C'est incroyable! Dire que la première fois que je t'ai vue, tu n'étais qu'une bosse dans le ventre de ta mère... Bon! Viens, je vais te montrer le passage secret.

Gilles l'entraîne vers le fond de la boutique où, derrière une collection de vestons, se trouve une porte.

«Il y en a déjà trop dans la boutique, mais ici, c'est carrément le délire», se dit Ariane en pénétrant dans le vieil entrepôt dont le plancher de bois craque sous ses pas.

Des vêtements, il y en a partout, du plancher au plafond, certains suspendus aux cintres comme des personnages fantômes, d'autres empilés sur des étagères. Sans compter les paniers, les boîtes, les sacs que Gilles contemple d'un air triomphant.

— Bienvenue dans la gare de triage, ma belle. Tu vois, à peu près tout ce qui est ici nous a été donné. Les gens se débarrassent de leurs vieilles choses et nous, on récupère, on recycle, on remodèle et on revend. La fripe, c'est chic et en plus d'être écologique, c'est très rentable!

Gilles est intarissable et il en rajoute avec plaisir pour épater Ariane:

— Moi, j'ai toujours aimé les vêtements usagés. Quand j'étais jeune, je suivais ma mère dans les bazars des sous-sols d'église. C'est là que j'ai tout appris. Récupérer des vêtements, leur donner une nouvelle vie, c'est ma passion. Tiens, regarde, je suis certain qu'on peut trouver un trésor là-dedans...

Gilles s'approche d'un énorme tas de linge, y plonge la main, tel un magicien s'apprêtant à faire un tour de passe-passe, et en retire finalement une jupe.

À première vue, Ariane ne lui trouve rien de spécial. Elle est même légèrement écoeurée par l'odeur de boule à mites qui s'en dégage. Mais, le regard allumé, Gilles lui explique que ce genre de jupettes de feutre était très populaire dans les années 50 auprès des patineuses du dimanche.

— En lui ajoutant une belle garniture, un galon ou une passementerie, par exemple, ça peut devenir une véritable pièce de collection.

Ariane examine à nouveau le vêtement rouge cerise et se laisse finalement prendre au jeu. Pendant quelques secondes, elle se voit même chaussée de ses futurs patins à roues alignées, sa petite jupe flottant au vent, découvrant ses cuisses. Mais elle se ressaisit rapidement.

— Et maintenant, qu'est-ce que je fais? demande-t-elle à Gilles.

— De la planche, ma chouette...

Le temps de le dire, Gilles approche un

gros chariot de supermarché débordant de vêtements. Il installe Ariane devant une planche à repasser et lui tend un fer.

Puis, il désigne un recoin faiblement éclairé de l'arrière-boutique où Ariane aperçoit une grosse machine à coudre industrielle. Derrière l'appareil, une femme lui sourit aimablement. Gilles prétend qu'elle possède plusieurs décennies d'expérience, mais Ariane lui donne au plus cinquante ans, tellement elle paraît jeune.

— Si tu as des problèmes, consulte Estelle. C'est la spécialiste des causes perdues. Elle effectue toutes les opérations délicates sur les vêtements, une vraie chirurgienne! Pour le reste, vas-y au pif. Fais-moi un beau tri: ce qui peut être vendu tel quel, ce qui vaut la peine d'être recyclé ou même remodelé.

Abandonnant Ariane à sa montagne de fripes multicolores, Gilles tourne les talons et, en sifflotant, il se dirige vers sa boutique. Avec la chaleur étouffante du mois d'août et les odeurs qui se dégagent des vêtements, l'entrepôt sent le gymnase de culturistes. Ariane en a sûrement pour quelques heures à démêler tout ça.

À la fin de sa première journée à la boutique, elle rentre chez elle complètement crevée et morte de faim... Assise au bout de la table, Ariane engouffre de grosses bouchées du sublime spaghetti que sa mère a préparé.

«Travailler, ce n'est vraiment pas reposant», pense-t-elle, le nez dans son assiette.

À l'exception d'une pause d'une demi-heure, où elle a mangé un morceau de sandwich qu'Estelle lui a gentiment offert, elle a travaillé sans arrêt, de dix heures à dix-huit heures. Demain, il faudra recommencer et encore après-demain. Heureusement, Gilles lui accorde deux jours de congé, le dimanche et le lundi.

— Comment c'était? lui demande Paule.

— Super!

Mais le ton de sa voix indique clairement qu'Ariane pense exactement le contraire.

***

Un mois et quelques payes plus tard, Ariane est carrément devenue une fanatique de la fripe. Grâce à Gilles, qui connaît tout, de la robe cocktail aux chemises hawaïennes, elle a rapidement appris à distinguer les styles et les époques des vêtements qui aboutissent à la boutique. De plus, elle est devenue une excellente vendeuse.

Il va sans dire qu'Ariane travaille comme

une folle et qu'elle ne fait évidemment pas beaucoup d'argent... Mais, grâce à la réduction que lui accorde Gilles, elle a déjà enrichi sa garde-robe de quelques trésors, dont la fameuse jupette de patineuse. Maintenant, elle est obsédée par un bustier pailleté que la boutique vient de recevoir.

Oui! Ariane est vraiment en train de devenir une employée modèle! D'ailleurs, Gilles ne rate jamais une occasion de l'encourager et de la féliciter quand elle fait du bon travail ou quand il la trouve bien habillée.

Ariane sait que Gilles préfère les garçons aux filles. C'est Paule qui le lui a dit. Mais elle le trouve beaucoup plus gentil que bien des gens qui se croient normaux et elle est convaincue qu'il est le plus drôle des patrons.

À la maison, Paule aussi est aux anges. N'ayant pas vu sa fille en si bonne forme depuis longtemps, elle ne menace plus de lui couper les vivres.

Bref, pour Ariane, c'est presque le bonheur total. Et pourtant, chaque fois qu'elle voit la sans-abri sur le trottoir, elle se pose toujours autant de questions.

«Il commence à faire froid maintenant la nuit. Où dort-elle? Comment faire pour l'aider? Est-ce possible d'inventer un monde où la misère n'existe pas?»

Si, au moins, Ariane pouvait entendre ce que lui raconte Nuisance Publik...

Moi aussi, j'aimerais changer de vêtements de temps en temps. Porter une robe, sentir un beau tissu glisser sur ma peau comme une caresse, imaginer que je suis invitée dans un restaurant, entendre de la musique... Mais tout ce que je possède, je le transporte sur mon dos.

Au moins, je sais qu'il y a toi, la fille de la vitrine. Quand tu me regardes avec ton beau sourire, je commence à penser qu'il y a peut-être de l'espoir. Ce n'est pas grand-chose, mais ça me fait du bien. C'est pour ça que je reviens toujours te voir. La première fois que mes chaussures magiques m'ont guidée jusqu'ici, j'ai tout de suite senti que j'allais vivre quelque chose de spécial.

Chapitre 4

Mission spéciale

Au petit déjeuner, ce matin-là, Ariane a au moins trois bonnes raisons d'être de mauvais poil.

Un, il fait gris... Deux, c'est le premier jour de ses menstruations. Et puis, trois, s'il y a un téléphone cellulaire sur le coin de la table, ça signifie que Claude, Claude Lamer, le chum occasionnel de Paule, est réapparu dans le décor. Lui, rien à faire, Ariane ne peut pas le supporter, d'autant plus que, la dernière fois, Paule a pleuré après son départ.

Découragée, Ariane ne comprend vraiment pas pourquoi sa mère attire ce genre d'homme dans son lit. Selon elle, Claude a tous les défauts du monde. Il pue l'eau de toilette à plein nez, même le matin. De plus, il n'arrête pas d'enlever et de remettre ses demi-lunettes sur son gros nez, un tic qui énerve Ariane au plus haut point. Et depuis que la télésérie dont il est le producteur a obtenu des cotes d'écoute mirobolantes, il se prend carrément pour un autre.

À moins de causer météo, Ariane n'a vraiment pas envie de lui parler, mais elle sait également que sa mère s'attend à ce qu'elle ait des manières civilisées.

— Salut, Claude! J'espère que tu as fermé les vitres de ta BMW, il pleut à boire debout. Moi, à ta place, je sortirais d'ici en vitesse juste pour vérifier.

Il y a du défi dans l'air et Paule, à qui rien n'échappe, s'empresse de défendre son chéri.

— Ariane, voyons, tu sais bien que Claude est plus prévoyant que ça.

C'est plus fort qu'elle, Ariane ne peut s'empêcher de répliquer. Mais cette fois, elle le fait en marmonnant.

— Prévoyant? Tant mieux! Au moins, ça veut dire qu'il utilise un condom et que tu n'attraperas pas de maladies.

Paule choisit de faire la sourde oreille.

Glissant une tasse de tisane fumante sous le nez d'Ariane, elle lui chuchote:

— Tiens, ma pitoune, une potion magique pour ton petit ventre. Avec le caractère que tu as aujourd'hui, je pense que tu en as besoin...

Surprise, Ariane croque ses céréales nature sans dire un mot: décidément, sa mère a le don de toujours deviner juste. Dans la cuisine, la radio crache son lot de nouvelles quotidiennes. Il est question du nombre croissant de sans-abri à Montréal et Claude en profite pour ajouter son grain de sel.

— Pourquoi les médias s'intéressent-ils toujours aux ratés et aux imbéciles? Pour redonner espoir aux jeunes, il faut leur fournir des modèles positifs. Moi, par exemple, comment se fait-il que je n'aie pas encore été nommé «personnalité de la semaine» dans le journal?

Pour le calmer et en espérant que son «chouchou-loulou-minou» change de sujet et s'occupe plutôt d'elle, Paule lui caresse le cou. Mais Claude n'en démord pas.

— C'est épouvantable, on ne peut même plus marcher dans les rues sans se faire aborder par un clochard. Un jour, une fille à peine plus vieille qu'Ariane a foncé sur moi parce que j'ai refusé de lui donner de l'argent. Plus sale que ça, tu meurs et, en plus, elle avait un gros bouton au coin de la bouche. On ne sait jamais, peut-être qu'elle était porteuse de la bactérie mangeuse de chair...

«Lui, je ne sais vraiment pas si je vais continuer à le supporter encore longtemps», se dit Ariane, tandis que Claude continue d'aboyer à plein volume.

— En tout cas, la ville devrait nous débarrasser une fois pour toutes de ce genre de vermine. C'est une vraie nuisance publique et en plus, ce n'est pas très bon pour l'image de Montréal auprès des investisseurs étrangers. Toi, Ariane, qu'en penses-tu?

Revoyant la sans-abri qui passe régulièrement devant la boutique, et pour laquelle elle s'est finalement prise d'affection, Ariane est sur le point d'exploser. Et si c'était elle que Claude, la face à claques, avait traitée de nuisance publique?

— Je ne sais pas d'où tu viens, mais c'est sûrement d'un endroit qui s'appelle le Macho Grosso. Grrrr, fait-elle comme un animal sauvage, en guise de commentaire final à la question de Claude.

Ariane se lève brusquement de table.

— Salut, beauté! lui lance Claude en la regardant partir.

Dans sa chambre, Ariane fouille rageusement dans les tiroirs de sa commode et elle se défoule en lançant ses vêtements un peu partout autour d'elle.

«Et en plus, Paule le défend! Si elle savait que j'ai vu Claude, sur une terrasse, en train de bécoter une espèce de Barbie, l'été dernier. Un jour, je devrais lui en parler. Mais pour l'instant, il n'y a rien à faire.»

Sur ce, Ariane enfile sa minijupe noire. Puis, parmi sa collection de tee-shirts, elle choisit celui sur lequel est écrit «J'aime maman» en lettres fluorescentes. Paule le lui a fait imprimer dans une boutique spécialisée pour marquer la fin de leur période de guerre et, dans les circonstances, c'est sûrement ce qu'il faut porter pour signifier à Claude de se tenir sur ses gardes.

Traversant la cuisine comme une flèche, Ariane attrape sa veste en jean et son vieux sac à dos. Elle sort de la maison en prenant bien soin de faire claquer la porte. Même si c'est officiellement son jour de congé, elle n'a pas de temps à perdre. Samedi, avant de quitter la boutique, Gilles lui a tout simplement dit:

— Lundi, mission spéciale.

— Oui, chef! a répondu Ariane qui a appris à jouer le jeu.

Si Ariane a accepté de rendre un petit service à Gilles, c'est d'abord parce que tous ses amis sont à «la prison» et qu'elle n'a rien de bien excitant à faire aujourd'hui. Et puis, toujours aussi habile, Gilles lui a présenté sa mission comme une sorte de course au trésor.

En fait, il s'agit d'aller faire une cueillette de vêtements chez Mme Fiorelli, une fournisseuse qui habite «la petite Italie», un quartier où Ariane n'a jamais mis les pieds.

Sortant du métro à la station Jean-Talon, Ariane brave le vent et la pluie qui lui fouettent le visage et elle se dirige vers l'adresse que Gilles lui a indiquée. Grâce aux repères qu'il lui a fournis, dont le fameux marché en plein air, l'église italienne en briques rouges et une pâtisserie où, paraît-il, on confectionne les meilleures «cochonneries» du monde, elle trouve facilement son chemin. Quelques minutes plus tard, la tête dégoulinante de pluie, elle sonne enfin à la porte d'un petit duplex de briques rouges, rue Dante.

— Vous êtes Mlle Ariane Doucette? Je vous remercie d'être venue. Entrez, entrez.

Les cheveux gris comme sa robe, Mme Fiorelli aide Ariane à retirer sa veste et lui offre une serviette pour sécher ses cheveux, tout en la dirigeant vers le salon.

— Excusez le désordre, je suis en train de déménager.

Si elle ne se retient pas, Ariane va pouffer de rire. À l'exception d'un aquarium où nagent deux poissons rouges et de quelques objets qui attendent d'être emballés, la pièce est presque vide. Le désordre? Une chance que cette femme n'a jamais vu sa chambre!

S'apercevant que Mme Fiorelli est en train de lire ce qui est écrit sur son tee-shirt, Ariane affiche un petit sourire gêné. Elle ne veut surtout pas passer pour une fille à maman ou un bébé gâté. Sans trop savoir pourquoi, elle tente d'expliquer les rapports délicats et complexes qui l'unissent à Paule:

— C'est une blague. Enfin, j'aime ma mère, mais... mais on se chicane quand même pas mal souvent. Elle a de la difficulté à me comprendre et moi, je ne suis pas toujours d'accord avec elle, surtout depuis que j'ai développé mon autonomie et...

Ariane arrête de parler, craignant de s'embourber davantage. Mme Fiorelli fronce les sourcils et s'éloigne aussitôt vers une autre pièce de l'appartement.

Profitant de l'occasion pour examiner les lieux à sa guise, Ariane s'approche du manteau de la fausse cheminée où sont encore alignés des petits cadres dorés contenant des photos de famille. Sur l'une d'elles, Ariane remarque une jeune fille, les cheveux noirs bien coiffés et le sourire un peu forcé. C'est une vraie photo scolaire, classique et officielle... beaucoup trop sage!

Ariane connaît bien. Une fois par année, dans le temps de «la prison», tous les élèves étaient expédiés dans le gymnase où avait lieu le défilé devant le photographe de service. Un tabouret, un fond bleu, la lumière aveuglante du flash, clac, au suivant!

— C'est ma fille. Elle n'avait encore que quinze ans à ce moment-là. Elle finissait son secondaire IV.

Silencieuse comme un serpent, Mme Fiorelli vient de réapparaître dans la pièce avec deux petites tasses d'espresso. Gentiment, elle en offre une à Ariane.

— Vous n'allez plus à l'école?

La question est périlleuse et, si elle répond la vérité, Ariane risque de se faire regarder de travers. Voulant éviter de se mettre à nouveau les pieds dans les plats, elle prend un air d'enfant modèle:

— Pour le moment, je travaille, parce que je n'ai pas le choix. Ma mère n'est pas riche et la grande école de mode où je veux aller étudier coûte une fortune.

Touché! L'histoire est attendrissante au possible et Mme Fiorelli considère soudain Ariane avec sympathie.

— Assoyez-vous, je veux vous parler...

Un peu mal à l'aise d'avoir menti, Ariane s'installe sur l'une des deux seules chaises pliantes qui restent dans la pièce, en prenant soin de bien tirer sa minijupe pour qu'elle ne remonte pas trop haut sur ses cuisses.

— Nous non plus, nous n'avions pas beaucoup d'argent. Vous savez, mon mari était marchand de fruits et il se levait tous les matins à quatre heures. Le pauvre, il aurait souhaité que sa fille unique devienne comptable pour s'occuper du commerce familial, mais Ada avait d'autres idées. À huit ans, elle cousait déjà des robes magnifiques à ses poupées et elle rêvait, comme vous, de devenir une grande designer.

Ariane camoufle son ennui en affichant un petit sourire poli, mais elle n'en pense pas moins.

«C'est quoi, toute cette histoire? Je viens seulement chercher des vêtements...»

Sans attendre qu'Ariane réagisse à ses propos, Mme Fiorelli revient à son refrain préféré: sa fille. Elle raconte à Ariane que sa petite Ada était une enfant modèle et qu'après son secondaire, elle s'est inscrite dans une école de couture où elle a remporté le premier prix.

— Son ami... enfin, son fiancé, a remporté le deuxième prix. Tous les deux, ils avaient obtenu une bourse pour aller étudier à Paris. Mais une semaine avant leur départ, un vendredi 13, Ada a eu un accident, un accident bête qui l'a détruite.

À ces mots, la main de Mme Fiorelli se met à trembler. Dans le silence qui s'installe dans la pièce, on entend distinctement le cliquetis de la tasse de café sur la soucoupe de porcelaine.

«Ou bien cette femme boit trop de ce café «dynamite», ou bien c'est l'émotion. Est-ce que j'ai bien compris? Sa fille a été détruite? Ça veut dire quoi? Morte? Suicidée?» se demande Ariane qui n'a surtout pas envie de faire enquête sur le sujet.

— Oui, Ada avait dix-neuf ans quand c'est arrivé, ajoute Mme Fiorelli.

Ariane demeure aussi muette que les poissons rouges de l'aquarium, mais Mme Fiorelli nc se dégonfle pas. Poursuivant son monologue, elle ouvre l'un des énormes sacs de plastique orange qui se trouvent à côté d'elle et en retire un vêtement qui ne ressemble d'abord à rien, sauf à une masse incroyable de tissu.

— Ada et son fiancé devaient se marier à Noël, tout juste avant de partir en voyage. Regardez... c'est la robe qu'elle avait créée pour ses noces. Un modèle exclusif, fait à la main, qui vaut très cher, précise-t-elle en déployant le magnifique vêtement de velours sous les yeux d'Ariane.

Admirant la robe vert émeraude avec ses petites manches bouffantes et sa longue traîne, Ariane a envie de s'exclamer «c'est super», mais elle juge préférable de se taire.

«Cette bonne femme est capable de parler pendant des heures et je vais être encore ici quand la fin du monde va arriver», pense-t-elle, tout en espérant que sa tactique du silence finisse par porter fruit.

Replaçant alors délicatement la robe dans le sac de plastique, Mme Fiorelli ajoute à voix basse:

— Tout ce que je vous donne a été dessiné par ma fille. Il y a un peu de travail à faire sur les vêtements, mais je sais que c'est un trésor... J'en ai parlé à votre patron, M. Gilles, quand je lui ai téléphoné l'autre jour. Vous croyez sûrement que je suis une drôle de mère, mais vous savez, je ne peux plus garder tout ça. Je m'en vais vivre dans un très petit appartement.

Et elle s'arrête là.

Intimidée par toutes ces confidences, Ariane a hâte de déguerpir et, mine de rien, elle regarde sa montre. Cette fois, Mme Fiorelli semble se rendre compte du côté pénible de la situation et lui remet enfin les deux énormes sacs de plastique.

— Excusez-moi, je vous ennuie. Je ne sais pas pourquoi je vous raconte tout ça. Voulez-vous que j'appelle un taxi?

À son tour, Ariane se met à trembler. Chaque fois, la seule mention du mot taxi lui fait revoir l'auto que conduisait son père, la nuit où...

— Un taxi? répète Mme Fiorelli.

— Non merci! Quelqu'un de la boutique va venir me chercher. J'ai rendez-vous au coin de la rue dans cinq minutes.

Ariane vient encore de fabriquer un mensonge, mais au moins celui-là lui permet de quitter les lieux au plus vite. Pourtant, à la porte de son appartement, Mme Fiorelli tient encore à s'assurer le mot de la fin:

— Au revoir, mademoiselle! *In bocca al lupo!*

Devant le regard étonné d'Ariane, elle ajoute:

— C'est une expression qui se traduit par quelque chose comme: «Dans la bouche, le loup.» Chez nous, en Italie, ça signifie bonne chance. Vous savez, c'est ce que j'aimerais dire à ma fille si elle était encore là: *In bocca al lupo!*

— *Bocal loupo!* répète Ariane en sortant de la maison, ses sacs orange à bout de bras.

***

Peu après le départ d'Ariane, un beau garçon d'une vingtaine d'années se présente à son tour chez Mme Fiorelli.

Dans le salon, le ton poli de la conversation trahit un malaise.

— Pourquoi avez-vous donné ça? Vous auriez pu m'avertir, dit-il à Mme Fiorelli.

— Olivier, les gens de cette boutique sont spécialisés dans le recyclage. J'ai pensé qu'ils pourraient faire quelque chose de bien à partir des idées d'Ada. Et puis, je n'ai pas eu de tes nouvelles depuis six mois. Je ne pouvais pas deviner que tu reviendrais de Paris, répond-elle un peu sèchement.

— Vous m'en voulez toujours? Vous pensez encore que je suis responsable de ce qui est arrivé?

Regardant le fiancé de sa fille, Mme Fiorelli soupire, l'air irrité:

— Non, ce n'est pas ça, Olivier. À Noël, cela fera déjà treize mois qu'Ada a disparu. La police m'a dit qu'elle conservait son dossier dans le fichier central, et moi je n'ai pas complètement perdu espoir. Mais tu le sais, Ada ne sera plus jamais comme avant. Celle que tu as connue n'existe plus...

Mme Fiorelli lève ses yeux pleins de larmes vers le plafond.

— Maintenant, où qu'elle soit, j'espère que Dieu la protège, murmure-t-elle.

Chapitre 5

Les deux sacs orange

— Alors, mam'zelle Doucette? Raconte.

— Tu avais raison, c'était vraiment une mission spéciale.

Ariane laisse tomber les deux gros sacs orange sur le plancher de l'arrière-boutique. Elle est crevée, ses doigts sont complètement engourdis et avec, en prime, ses menstruations qui lui tiraillent toujours le ventre, elle n'a plus la force d'ajouter un mot.

Au retour, le trajet avait été interminable. Dans le métro, la foule s'entassait comme des bêtes dans les wagons de la ligne orange. En arrivant à la station Mont-Royal, Ariane avait essayé de se frayer un chemin vers la sortie en s'excusant poliment, mais des gens pressés et impatients l'avaient bousculée, presque renversée, comme si elle était une moins que rien.

«Espèces de rats, bougonnait-elle. Allez-y. Ne vous gênez pas. Écrasez-moi, s'il le faut. J'imagine que si c'était la guerre ici, vous seriez prêts à m'arracher un bras ou une jambe, juste pour conserver votre petit espace vital.»

Ariane était sortie de cette brève expérience humiliée, révoltée, prête à hurler. Mais arriver face à face avec la sans-abri, à quelques coins de rue de la boutique Pelures, l'avait troublée encore davantage. Le temps d'un éclair en voyant une fille qui transportait son lourd fardeau sur ses épaules, elle avait eu l'hallucinante impression de se trouver devant un miroir.

Sans trop réfléchir, Ariane lui avait adressé la parole, un peu comme on le fait avec une vieille connaissance.

— Le monde est tout croche! Moi, on m'a traitée comme un chien à cause de mes deux sacs orange. Toi, tu dois vraiment en arracher dans la vie...

La sans-abri, figée sur place, l'avait regardée avec étonnement, sans rien dire. Puis, soudainement gênée, Ariane avait baissé les yeux. C'est là qu'elle avait remarqué une chose assez particulière: cette fille supposément fauchée portait des bottes Doc Martens à dix-huit trous. Et le plus étonnant, c'est qu'elles étaient de couleur rouge feu. Du jamais vu, même dans le vrai monde!

— Ariane... Ariane, je te parle. Si tu veux profiter de la fin de ton jour de congé, tu peux t'en aller chez toi, lui dit Gilles.

Regardant autour d'elle, Ariane reprend soudain conscience de la réalité. Retourner à la maison? À cette heure-ci, la télé présente seulement des intrigues savonneuses. Paule est toujours au travail. L'appartement et le frigo sont vides...

— Je prendrais bien un petit remontant, demande-t-elle à Gilles d'un air entendu.

— Tout de suite, ma grande!

S'éloignant vers le coin cuisinette en sifflotant, Gilles en rapporte presque aussitôt un grand verre rempli d'un liquide turquoise.

Ariane sait que Gilles concocte un breuvage qu'il appelle, en prononçant exagérément à la française, son «smartte drinque». La recette comprend du jus d'orange, de la spiruline et du gingembre ainsi que des ingrédients miracles dont il a le secret et qui, selon lui, peuvent revigorer n'importe qui.

Dès la première gorgée, Ariane retrouve son aplomb. Puis, avalant le reste d'un trait, elle se sent tout à fait réconfortée et même plutôt euphorique. À bien y penser, l'histoire d'Ada Fiorelli et de son fiancé mystérieux lui paraît maintenant tellement romantique qu'elle s'en veut de ne pas avoir questionné davantage Mme Fiorelli.

Saisie d'une inspiration subite, Ariane se dirige vers un coin sombre de l'entrepôt et sort la robe de mariée du sac orange. Puis, retirant son tee-shirt et sa minijupe, elle se glisse avec précaution dans le magnifique vêtement de velours vert émeraude.

La robe, fabriquée sur mesure pour Ada Fiorelli, lui va comme un gant! Même si c'est complètement absurde et pas du tout raisonnable, Ariane songe déjà à l'acheter.

— Mais avec quel argent? demande sa petite voix intérieure.

— Peut-être que je devrais devenir une Barbie et attendre que Ken paie la facture, se dit-elle, en ricanant.

Improvisant une sorte de marche nuptiale, Ariane s'avance alors solennellement dans l'arrière-boutique, avec l'air triomphant d'un mannequin à la fin d'un défilé de mode.

— Ta-dam! Regarde ça. C'est la fille de Mme Fiorelli qui l'a cousue pour son mariage, mais elle a eu un accident et puis...

— C'est quoi ça?

Le contenu du deuxième sac orange étalé devant lui, Gilles est loin d'être impressionné et il semble plutôt mécontent. Intriguée, Ariane vient se poster à côté de lui. Elle n'y comprend rien!

Sur la grande table de couture sont étalées toutes sortes de pièces de tissu bizarrement découpées, mais rien qui ressemble au trésor que Mme Fiorelli avait annoncé. Bref, tout est là, mais en pièces détachées.

Heureusement, ce casse-tête est accompagné de dessins et de plans indiquant la marche à suivre pour assembler et coudre les vêtements.

Gilles est en grande discussion avec Estelle qu'il a appelée à sa rescousse. Ariane examine elle aussi les nombreux croquis qu'Ada Fiorelli a réalisés. Sur papier, on peut voir qu'il s'agit de jolis blousons, mais sans plus.

Pourtant, en y regardant de plus près, Ariane découvre une chose surprenante. Sur l'un des dessins, dans le coin de la page, Ada Fiorelli a griffonné quelques notes, datées d'un certain vendredi 13. Est-ce la journée où, selon les confidences de Mme Fiorelli, Ada a eu son accident?

Ariane s'empresse de poursuivre sa lecture. Sous le titre «Blousons zazous», il y a d'abord une phrase soulignée en rouge: «Projet à compléter et à présenter dès notre arrivée à Paris.» Suit un texte dans lequel Ada explique ses intentions:

«Les zazous étaient un groupe de jeunes rigolos parisiens qui, pendant la Deuxième Guerre mondiale, réussissaient à semer la joie autour d'eux en portant des accoutrements bizarrement colorés et en organisant des soirées au son de la musique de jazz. En souvenir de leurs excentricités, je rêve, moi aussi, de créer des vêtements qui vont changer le monde.»

Comme dernière indication, Ada Fiorelli précise que chaque blouson de sa collection devra être orné d'un mot ou d'une phrase exprimant les idées, les états d'âme, les émotions de la personne qui le porterait. Pourtant, les slogans en question n'existent pas...

Ariane ne comprend pas toutes les explications d'Ada, mais comme elle adore se promener en affichant toutes sortes de messages sur ses tee-shirts, elle est immédiatement emballée par cette idée.

«Oui, parler avec ce qu'on porte, raconter au monde ce qu'on pense, l'écrire partout, c'est ça qu'il faut», pense-t-elle.

De son côté, Gilles a pris sa décision. Sa boutique se spécialise dans les vêtements d'époque et il n'est pas question de conserver cette espèce d'oeuvre inachevée. À Estelle, qui l'écoute toujours docilement, il explique qu'il ne peut pas investir du temps ni de l'argent dans un projet aussi risqué.

— Bon! C'est décidé. Je vais refiler tout ça à quelqu'un d'autre ou le jeter, conclut-il, catégoriquement.

Prise d'une fièvre aussi subite qu'inattendue, Ariane se précipite sur le tas de tissu et l'entoure de ses bras.

— Non, moi je sais ce qu'il faut faire. J'ai une idée!

***

— Ça va. Marché conclu!

À force de le harceler, Ariane a fini par convaincre Gilles de l'intérêt de son projet et, au cours des semaines suivantes, elle est particulièrement occupée.

Dès qu'elle a un moment, le midi et parfois même le soir, après la fermeture, Ariane se précipite dans l'arrière-boutique. En suivant les directives et les conseils d'Estelle, elle apprend d'abord à déchiffrer les patrons, puis à manoeuvrer la grosse machine à coudre industrielle et, enfin, à assembler le premier blouson d'une collection qui s'appellera tout simplement «Ada».

— Bien sûr, Ada, c'est la fille de Mme Fiorelli, mais c'est aussi moi, A.D.A., Ariane Doucette-Adamcewski, dit-elle fièrement en mettant l'accent sur les trois initiales de son nom.

Avec les slogans qu'elle prévoit ajouter sur les blousons, Ariane est convaincue de son succès et compte déjà faire des ventes phénoménales.

Dès qu'elle termine un vêtement, Ariane l'apporte dans la boutique. Son premier est d'ailleurs orné d'un magnifique écusson brodé de fils multicolores sur lequel on peut lire: «Coup de foudre». Ce titre lui est venu à l'esprit en pensant à l'histoire d'Ada, mais surtout à la robe de mariée qui se trouve toujours dans l'arrière-boutique et pour laquelle elle a déjà donné un premier versement.

Peu à peu, les autres blousons commencent à apparaître. Chaque fois, Ariane se creuse les méninges pour inventer un slogan qui a du punch. Mais la création, c'est exigeant et ça prend du temps. Surtout avec l'Halloween qui approche et la boutique Pelures qui ne dérougit pas, Ariane est complètement débordée.

Loin de déplaire à Gilles, ce va-et-vient continuel de clients l'excite au plus haut point, car il lui rappelle ses belles années à San Francisco.

— J'adore cette période de l'année. Les gens veulent changer de peau, montrer un aspect caché de leur personnalité. C'est pour ça qu'ils ont besoin de déguisements. Tu vas voir, toutes les femmes voudront se transformer en femmes fatales. Rien de plus normal, c'est la version moderne de la sorcière! ajoute-t-il avec enthousiasme, tout en déplaçant une robe à la Marilyn Monroe pour la mettre en évidence.

Ariane est toujours surprise par les théories farfelues de son patron. Ce qui l'étonne particulièrement, c'est qu'il a souvent raison, comme s'il en connaissait encore plus qu'elle sur les mystères de la vie au féminin.

Si au moins Gilles voulait lui en révéler autant sur ce qui se passe du côté des mâles... Comme la clientèle de Pelures est principalement féminine, Ariane n'a pas souvent l'occasion d'en apprendre davantage sur le sexe opposé.

Vers la fin d'un certain après-midi, un gars est entré dans la boutique... et pas n'importe lequel.

Assez grand, le corps élancé et juste assez musclé, les cheveux noirs aux épaules, il a des yeux bruns en amande et des pommettes saillantes, exactement comme le beau petit Vietnamien dont Ariane était amoureuse du temps de la maternelle. Avec, en plus, une bouche sensuelle, un menton carré avec une fossette au milieu, il est plutôt «appétissant».

Ariane éprouve déjà un léger pincement au coeur, juste à le suivre des yeux.

— C'est peut-être lui, celui que j'attends, songe-t-elle, envoûtée.

Passant sa main dans ses cheveux châtains d'une manière négligée, mais en fait très étudiée, Ariane jette un rapide coup d'oeil au miroir à côté d'elle. Depuis qu'elle travaille à la boutique Pelures, elle a déjà perdu un kilo, sans régime ni privations et, à ses yeux, cela fait toute la différence quand on veut entreprendre une conquête.

Ariane remarque alors que le beau client s'approche de l'endroit où sont accrochés quelques-uns des plus récents modèles de sa collection. Évaluant une dernière fois son reflet dans la glace, elle décide de passer à l'action.

D'abord, adoptant la moue pulpeuse qui fait la marque des vedettes, elle s'approche de sa proie. Puis, mine de rien, elle enfile le blouson au dos duquel elle a appliqué trois gros X de satin et se met à parader à côté du garçon.

— C'est tout nouveau et c'est ma création, dit-elle pour attirer son attention.

Trop occupé à fouiller parmi les vêtements, il ne réagit pas tout de suite à son manège. Au bout d'un moment, il se tourne enfin vers Ariane:

— Oui, cette veste est très jolie, mais je cherche autre chose.

Sa voix est chaude et, dans son regard, brille une lueur indéfinissable.

— Une robe... une robe de velours avec des petites manches bouffantes et une longue traîne, ajoute-t-il, gravement.

Constatant que la description correspond exactement à SA robe de mariée, Ariane est éberluée. Elle se surprend à rêver et même à divaguer. Inventant les mots qu'elle aimerait entendre, elle espère que le superbe spécimen masculin qui se trouve à ses côtés dira quelque chose comme: «Non, ce n'est pas pour moi. Je veux faire une surprise à quelqu'un, quelqu'un comme toi...» Mais ces paroles n'existent que dans son imagination débridée.

— Je sais que vous recevez régulièrement de la marchandise. Si jamais vous tombez sur cette robe de velours, je suis très intéressé à l'acheter, dit-il en lui tendant sa carte.

Comblée, Ariane s'empare du petit carton et s'empresse de lire le nom de son bel oiseau rare.

— Quand on s'appelle Olivier Légère, artiste vestimentaire, qu'est-ce qu'on mange en hiver? lui demande-t-elle avec un sourire coquet.

Cette fois, le garçon lui sourit. Visiblement amusé par le commentaire d'Ariane, il lui répond du tac au tac:

— C'est pour faire parler les gens et piquer leur curiosité. Ça marche, non?

Puis il ajoute aussitôt:

— Sérieusement, j'organise des défilés de mode. Mais, la *business* de la mode, c'est glacial comme une banquise, féroce comme un loup. Il y a beaucoup de monde, de l'argent à faire et la compétition est très forte.

Pour que mon nom flotte dans l'air, je me suis fabriqué un titre qui rime avec Légère.

Ariane aime autant l'accent acadien d'Olivier que ce qu'il raconte et elle rit de bon coeur de ses drôles d'explications. Elle est moins heureuse, par contre, de voir son patron envahir son territoire. En effet, Gilles s'avance en affichant son plus beau sourire.

— Le soir du 31 octobre, on fête l'Halloween. J'invite des amis et quelques clients. Si tu veux passer, ça me fera plaisir, dit-il à Olivier.

Chapitre 6

Pour adultes seulement?

L'Halloween à Montréal, c'est vraiment quelque chose de particulier, presque une fête nationale! Une fois la nuit tombée et les bonbons distribués aux plus petits, ce n'est vraiment plus l'affaire des enfants.

Un vent de folie souffle sur la ville. Dans les rues, des gens bizarrement accoutrés se déplacent en grappes. Cachés sous leur déguisement de citrouille, de squelette ou même de *hot dog*, ils en profitent pour rire, crier, chanter et se défouler, tandis que les chats noirs hurlent à la lune!

Pour l'instant, tout se déroule dans une atmosphère relativement calme, mais les autorités policières craignent toujours que certaines bandes rivales n'en profitent pour procéder à quelques règlements de comptes.

Pendant ce temps, chez Pelures, les préparatifs de la fête sont presque terminés. Gilles a vraiment mis le paquet! Tous les vêtements ont été transportés dans l'arrière-boutique et le magasin n'est plus qu'un immense décor rappelant les pires films d'horreur...

Tout en circulant parmi les pierres tombales en carton, les toiles d'araignée, les citrouilles et la centaine de chandelles qui éclairent la boutique d'une manière tout à fait saisissante, Ariane attend la suite des événements avec impatience.

Vers vingt heures, au moment où, plus jeune, Ariane se bourrait déjà de bonbons et de chocolat, des personnages étranges et spectaculaires commencent à envahir les lieux.

Il y a d'abord toute la gamme des monstres, de Frankenstein à Godzilla, et bien sûr, comme l'avait prédit Gilles, une quinzaine de versions différentes de femmes fatales. De Brigitte Bardot, vêtue de fourrure synthétique, à Madonna, avec ses attirails plutôt crus, tous les sosies des grandes stars sont là, ou presque.

Ariane n'en revient pas. Toutes les personnes qu'elle connaît sont méconnaissables, particulièrement Gilles.

Métamorphosé en néo-hippie, il apparaît avec une perruque afro et de longs favoris qui couvrent ses joues creuses. Son costume, une vraie pizza garnie, est composé d'une chemise qui donne mal au coeur tellement ses motifs aux couleurs psychédéliques sont torturés.

Gilles porte aussi, bien entendu, l'inévitable pantalon à pattes d'éléphant, de couleur mauve, retenu aux hanches par une large ceinture de vinyle dont la boucle, en forme de calendrier aztèque, est phénoménale. Enfin, dernier détail, et non le moindre, il est chaussé d'extravagants souliers dont les plates-formes épaisses le grandissent d'au moins dix centimètres.

Ariane n'a évidemment rien connu de l'époque glorieuse des années 70, dont elle a tant entendu parler. À ses yeux, l'accoutrement de Gilles est complètement dément.

— C'est vraiment comme ça que les gens s'habillaient dans le temps? Tu as l'air d'un clown, lui dit-elle.

— Je suis habillé exactement comme Jimi Hendrix le jour de son *overdose*. Ce n'est pas trop grave, ça se soigne. Surtout si ma sorcière bien-aimée me protège, ajoute Gilles en attrapant Paule par la taille.

Au début, Ariane n'était pas tellement enchantée de savoir que sa mère serait de la partie. La moue boudeuse, elle avait protesté. Cependant, pour Gilles, pas question de discuter.

— Ce n'est pas TA mère que j'invite, c'est MA vieille amie, avait-il tranché.

Paule a, bien sûr, demandé à Claude de l'accompagner à cette soirée spéciale, mais lui... Lui, il a répondu qu'il n'était pas VRAIMENT disponible.

Pourtant ce soir, Paule s'en fout. Elle se sent bien et elle s'amuse. Pour l'occasion, elle s'est confectionné une espèce de costume de punk-rockeuse: cheveux vert lime, minijupe, bas troués, Doc Martens, lèvres peintes en noir, tout y est, y compris les épingles à couches en guise de boucles d'oreilles.

Ariane observe le manège de séduction qui se déroule sous ses yeux, entre Paule et une sorte de Tarzan plutôt rondelet. Elle se réjouit finalement de voir sa mère s'amuser comme une adolescente.

«Ce gars-là n'a sûrement pas la forme qu'il faut pour glisser sur une liane. Mais au moins, avec lui, Paule va oublier Claude, son espèce de macho grosso», pense-t-elle, toujours aussi protectrice quand il s'agit de prémunir sa petite maman contre les mauvais coups du destin.

La boutique Pelures est maintenant pleine à craquer. Pour passer le temps et se donner l'occasion de voir tous les personnages de près, Ariane circule avec un plateau et elle offre de la sangria, tout en buvant un verre à l'occasion.

Comparativement aux autres, son costume est décidément plus sobre, mais pour elle, il ne s'agit pas d'un déguisement. À son âge, Ariane n'a aucune envie de se rajeunir ou de se prendre pour quelqu'un d'autre. Ce qu'elle veut, c'est jouer le jeu pour vrai.

C'est pour ça qu'elle a choisi de porter la robe de mariée qui lui a coûté si cher. Pour compléter le tout, elle a même déniché un bouquet de fleurs en plastique dont elle effeuille les marguerites, une à une, en souhaitant la venue du bel Olivier Légère.

Au milieu de ce zoo, à cause de sa robe, Ariane se fait complimenter et même demander en mariage par quelques blagueurs. Flattée, elle joue la princesse difficile, en espérant que ce soit la meilleure manière d'éloigner tous ces vieux prétendants.

— Signez-moi un chèque d'un million de dollars et je vous embrasse, dit-elle.

Et, pour calmer son attente, Ariane avale un autre verre de sangria.

— Ah! de toute façon, qu'est-ce qu'Olivier viendrait faire ici? Lui, il organise des défilés de mode et je suis sûre qu'il est toujours entouré de femmes mille fois plus belles que moi, songe-t-elle, un peu découragée, mais toujours aussi impatiente de voir surgir son beau prince.

À cet instant précis, toutes les têtes se tournent vers la porte d'entrée. Tout le monde le sait, ce soir, Lyra Schmidt et son équipe de télé font la tournée des soirées les plus folles en ville. Gilles a d'ailleurs fait des pieds et des mains pour que la célèbre animatrice vienne filmer ses invités. Quand ils arrivent enfin, c'est carrément le délire. Si les trois Frankenstein pouvaient se dévisser la tête pour s'assurer de passer à la télé, sinon à la postérité, ils le feraient...

Considérant le troupeau d'adultes pas très raisonnables qui s'agite autour d'elle, Ariane a toutes les raisons de croire que l'Halloween n'est plus un jeu d'enfant. D'ailleurs, si elle ne les connaissait pas tous, Ariane songerait sûrement à composer le 911 pour réclamer un autobus qui s'en irait directement aux soins psychiatriques!

Après avoir interviewé Gilles, qui a repris sa fameuse théorie sur l'importance de la fête, sauce californienne, la célèbre animatrice se dirige vers un autre coin de la boutique. Ariane, curieuse de voir ce qui va se passer et oubliant momentanément son tourment, se hisse sur la pointe des pieds.

Circulant au milieu de la cohue et du tohu-bohu en riant à gorge déployée, Lyra Schmidt et son équipe s'arrêtent soudain à côté d'un couple de personnages des plus surprenants: une copie presque parfaite de Terminateur 2, accompagné d'une fille assez jeune, assise sur les genoux du fameux robot.

Avec ses couettes, son décolleté plongeant, sa minijupe rose et sa bouche en coeur, la fille ressemble tellement à Mitsou qu'Ariane se demande si c'est la vraie.

Pourtant, c'est sur le Terminateur que la caméra se braque, tandis que Lyra s'approche et lui tend son micro.

— Le déguisement de ce monsieur est très réussi, mais je crois savoir qui se cache derrière...

Visiblement flatté, le personnage sourit,

puis il retire son masque et tout le monde, y compris Ariane, peut instantanément reconnaître Claude, Claude Lamer, le célèbre producteur.

— Moi, j'accompagne simplement cette jolie créature, dit-il, faussement modeste, pendant que la petite poupée blonde lui susurre des mots doux à l'oreille.

De crainte que Paule ne voie son macho grosso démasqué, Ariane cherche sa mère du regard parmi la foule et se sent temporairement rassurée quand, à l'autre extrémité de la pièce, elle aperçoit quelques mèches vert lime...

«Claude... Attends que je te démolisse. *Hasta la vista, baby!*» grogne-t-elle, en s'éloignant de cette scène révoltante.

Écoeurée par toutes ces histoires compliquées pour adultes seulement, Ariane a vraiment hâte de s'amuser. Et, pour se changer les idées, elle s'accorde sur-le-champ un autre verre de sangria.

Dans la boutique, la musique retentit maintenant à plein volume et les invités commencent à danser. Ariane s'apprête à se joindre à eux, quand soudain un personnage étrange, à moitié caché derrière une immense cape noire doublée de satin rouge, se présente devant elle.

Les cheveux lissés, le teint livide, les yeux cerclés de noir, la bouche rouge sang, il prend délicatement la main d'Ariane et l'embrasse.

— Bonsoir, charmante demoiselle. Je trouve que cette robe vous va très bien. Comment vous appelez-vous? lui demande-t-il, avec un sourire découvrant ses dents pointues de vampire.

Ariane le dévisage avec ravissement. Malgré le savant maquillage qui camoufle ses traits, elle le reconnaît. Finalement, Olivier est bien là, en chair et en os, à ses côtés. Juste à le voir et à entendre le son de sa voix, elle frise déjà l'extase.

— Moi, c'est Ariane, et toi, je sais qui tu es, même si tu te prends pour Dracula, dit-elle, triomphante.

— Oui, c'est vrai, je suis sorti de ma tombe spécialement pour venir vous voir. Voulez-vous danser?

Tout en retenant sa longue traîne d'une main, Ariane s'accroche à son beau danseur et tente de suivre ses mouvements du mieux qu'elle peut. Malgré les promesses faites à Paule, Ariane a finalement bu quelques verres de trop et elle se sent plutôt étourdie.

Olivier, lui, semble prendre plaisir à la faire tourner comme une toupie. Ariane a l'impression de chavirer à chaque pas, comme une chaloupe dans une tornade. Quand elle tente de se dégager, le supposé vampire l'attire encore plus vers lui.

— Brrrr, vas-tu me mordre dans le cou? demande-t-elle, l'air canaille.

— On verra, répond-il.

Ariane est électrisée par ce nouveau jeu dangereux et elle ferme les yeux. Elle sent maintenant la main d'Olivier glisser sur le doux velours de sa robe, caressant son dos, puis sa taille. Un long frisson de plaisir lui parcourt le corps.

— Tu me fais penser à quelqu'un que j'ai connu. Elle était presque aussi belle que toi, lui chuchote-t-il à l'oreille.

Ariane se sent de plus en plus troublée. Les vapeurs de l'alcool, les belles paroles, l'odeur d'Olivier, tout lui monte à la tête. Plus que tout au monde, Ariane espère maintenant que son Dracula d'occasion laissera la marque de ses dents dans son cou.

«Hum! c'est excitant de jouer au vampire», pense-t-elle.

Flottant dans un demi-rêve, Ariane se laisse entraîner dans une valse folle qui n'a plus rien à voir avec la musique. Dans un tourbillon continu, Olivier la guide progressivement vers le fond de la boutique, en la retenant toujours contre lui. Puis, d'un solide coup de pied, il pousse la porte qui se trouve au fond de la pièce.

Projetés vers l'avant, tous deux se retrouvent dans l'arrière-boutique. Ariane glisse sur un bout de tissu, perd l'équilibre et s'étend de tout son long sur le vieux plancher de bois. Dans sa chute, elle entend distinctement le craquement du tissu.

— Aïe! Ma robe! se plaint Ariane mollement en montrant sa traîne déchirée à Olivier.

Encore étourdie, Ariane essaie de se relever, mais Olivier se penche sur elle et la retient au plancher. Il la regarde maintenant avec les yeux méchants et froids d'un véritable vampire.

— Pourquoi ne m'as-tu pas dit que vous aviez cette robe? demande-t-il.

Le ton n'est plus à la plaisanterie...

— Je n'aime pas qu'on me mente, ajoute-t-il d'une voix forte.

— C'est à moi! Je l'ai achetée avec mes économies, réplique-t-elle faiblement.

Olivier la saisit alors violemment par les

épaules et se met à la secouer.

— Même si tu l'avais payée un million, cette robe ne peut pas t'appartenir. Tu n'as pas le droit de la porter, comprends-tu?

«Il ne va tout de même pas me casser en deux à cause de ça», songe Ariane qui trouve la situation complètement démente.

Loin d'avoir peur, elle se sent soudainement réchauffée par l'alcool qui court dans ses veines.

Parvenant finalement à se relever avec une aisance aussi subite qu'inattendue, Ariane dégrafe lentement sa robe de mariée et la laisse carrément glisser sur le plancher. Puis, presque nue devant Olivier, elle le dévisage de manière provocante, sans ressentir la moindre gêne. Ce soir, Ariane se sent belle à croquer. Elle n'attend d'ailleurs que ça.

— Si c'est ma robe que tu aimes, et pas moi, tu peux la prendre.

Ébranlé, Olivier demeure un instant sans réaction. Pourtant, il ne peut pas s'empêcher de promener ses yeux sur le jeune corps qui s'offre à lui.

— Excuse-moi, dit-il simplement.

Au regard brûlant d'Olivier, Ariane devine que son beau Dracula est sur le point de craquer. Saisie par une vague d'émotions inconnues, elle se jette sur lui et se met à l'embrasser.

Cette fois, sans résister, Olivier colle sa bouche sur la sienne. Les yeux fermés comme s'il était en transe, il presse son corps encore plus étroitement contre celui d'Ariane.

— Tu es si belle, Ada, murmure-t-il dans un souffle, pour lui seul.

Plein de fougue, Olivier étend sa longue cape sur le plancher et s'y allonge avec Ariane. Il la caresse, la couvre de baisers, l'enlace comme une vraie femme. Ariane passe ses bras autour de son cou. Les yeux mi-clos, elle voit la pointe rose de ses seins frôler la poitrine d'Olivier et elle en frissonne de plaisir.

Pendant ce temps, la fête continue dans la boutique. Paule, qui vient tout juste de se retrouver nez à nez avec son Claude démasqué, n'a vraiment plus le coeur à la fête. Le Tarzan qui l'accompagne a beau pousser des cris d'homme de la jungle, il ne réussit même pas à lui arracher un sourire.

Cachant ses larmes de rage derrière ses verres fumés, Paule cherche Ariane avec l'intention de déguerpir au plus vite.

D'un pas décidé, elle traverse le flot des invités et, n'apercevant pas sa fille, elle se dirige machinalement vers l'arrière-boutique. Loin de se douter de ce qui l'attend, elle entre dans le vieil entrepôt et fige sur place.

«Non! Ce n'est vraiment pas ma soirée», se dit-elle, le souffle coupé.

Là, devant elle, nue et belle comme une jeune déesse, Ariane s'abandonne aux étreintes d'un jeune homme. Leurs bouches soudées l'une à l'autre, leurs bras et leurs jambes entremêlés, ils s'embrassent et gémissent comme deux amants.

Le coeur battant, Paule constate avec stupeur que sa fille, sa petite fille, ne s'adonne plus à des jeux d'enfants.

— Ariane! Habille-toi. On s'en va... crie-t-elle soudain.

Chapitre 7

À la maison...

Ariane se serait crue dans une mauvaise scène de téléroman. Dans la cuisine, Paule faisait les cent pas, les bras croisés, et elle était démontée comme la mer par un soir de tsunami. Sa rencontre avec Claude ne l'aidait sûrement pas à garder son calme, mais, dans les circonstances, c'est à Ariane qu'elle s'en prenait.

— D'abord, tu bois comme un trou. Ensuite, tu te jettes dans les bras du premier venu. C'est qui, ton vampire? Le connais-tu au moins?

L'interrogatoire promettait d'être long et pénible, mais Ariane se sentait absolument incapable de réagir et elle n'avait même plus le goût de mentir.

— Il s'appelle Olivier Légère. C'est Gilles qui l'a invité.

— Quel âge a-t-il?

Une pointe de fierté dans la voix, Ariane avait fini par avouer:

— Je ne sais pas... probablement vingt ou vingt et un ans.

— C'est tout? Pour ta première expérience sexuelle, tu te lances sur un inconnu et, en plus, tu m'avoues qu'il ne portait pas de condom. As-tu perdu la tête?

Ariane savait très bien à quoi sa mère faisait allusion. C'est vrai, elle avait promis à Paule d'attendre que le médecin lui prescrive la pilule. Elle lui avait aussi juré qu'elle ne le ferait jamais sans protection, mais ce soir, l'occasion était trop belle. Jouant l'innocente, elle avait tenté de se justifier.

— Je n'ai quand même pas commis un crime. À mon âge, la plupart des gars et des filles que je connais ont déjà fait l'amour au moins une fois.

— C'est lui qui t'a attirée dans l'arrière-boutique?

Les yeux dans le vague, Ariane revoyait chaque instant passé avec Olivier. Elle aurait souhaité faire l'amour avec lui toute la nuit avant de s'endormir dans ses bras et maintenant elle avait surtout hâte de se retrouver seule. Seule avec ses souvenirs, tout beaux, tout frais.

Considérant Paule avec candeur, elle avait simplement répondu:

— Non, c'est moi qui avais envie de lui et c'était très romantique.

Là-dessus, Paule avait bondi et s'était lancée dans un interminable discours-fleuve. Tout y avait passé: les méfaits du sexe aveugle, l'importance de faire l'amour dans de bonnes conditions, et possiblement à la maison, avec quelqu'un dont on partageait au moins quelques idées, sinon le même sens de l'existence.

Si elle avait pu placer un mot, Ariane aurait sûrement confié à Paule qu'elle était loin d'être déçue de sa première expérience et que c'était ce qui importait. Pourquoi sa mère la traitait-elle si rudement? Pourquoi s'empêtrait-elle dans ces détails pratiques? Pourquoi ne lui parlait-elle pas de femme à femme?

Ariane ne comprenait plus. À écouter parler sa mère, elle se sentait de plus en plus blessée, insultée, mais elle avait aussi compris que le problème venait d'ailleurs.

— Tu ne veux même pas voir que je ne suis plus une enfant. Veux-tu que je te dise, j'ai l'impression que tu te défoules sur moi, à cause de ton macho grosso. Règle donc tes affaires avant de te mêler des miennes.

Si Ariane avait visé juste, Paule n'était sûrement pas en mesure de l'accepter.

— Ariane! Tu ne me parleras pas comme ça! C'est encore moi qui mène dans la maison et je ne te laisserai pas faire, lui avait-elle crié en l'expédiant dans sa chambre.

***

Depuis cette nuit mémorable, trois pénibles journées venaient de s'écouler au cours desquelles les consignes avaient brusquement changé.

Adoptant la ligne dure, Paule contrôlait maintenant les allées et venues de sa fille avec fermeté et la surveillait constamment.

Pourtant, ce soir, Ariane se retrouve seule à la maison. Paule lui a annoncé qu'elle ne serait pas de retour avant minuit, mais elle était loin de rigoler quand elle a menacé Ariane de la mettre à la porte si les choses se passaient mal.

Forcée de passer sa soirée en liberté surveillée, Ariane a tout d'abord téléphoné au 383-quelque chose et s'est fait livrer une énorme pizza qu'elle a dévorée devant la télé.

Puis, pour se défouler, elle a écouté le disque des Doors, tout en chantant à tue-tête «We want the world, and we want it now» avec Jim Morrison.

Ensuite, elle a pris son habituelle douche d'une demi-heure. Les yeux fermés, elle s'est imaginé qu'elle était de nouveau avec Olivier, et s'est caressée jusqu'à l'extase en pensant à lui.

Et maintenant, Ariane ne sait plus quoi faire de sa peau. Enveloppée dans une serviette de bain particulièrement spongieuse, les jambes allongées devant elle sur la table de cuisine, elle inspecte la repousse des quelques poils qui couvrent ses mollets et, de temps en temps, elle soupire.

En fait, Ariane n'a envie de rien, sauf d'une chose, revoir Olivier. Si au moins elle pouvait lui parler, elle lui demanderait s'il l'aime un peu, beaucoup ou passionnément. Qui sait, peut-être lui donnerait-il rendez-vous?

Tournant entre ses doigts la petite carte qu'Olivier lui a remise lors de leur première rencontre, Ariane se sent prête à tout, mais elle sait aussi qu'elle n'a pas les moyens de faire vraiment à sa tête. Il ne faudrait quand même pas que Paule mette ses menaces à exécution...

Complètement découragée, Ariane se réfugie finalement dans sa chambre et s'assoit à son ancienne table d'études, toute blanche et propre. Pour tuer le temps, elle ouvre distraitement son journal intime, relit les textes qui datent de son ancienne vie, celle de l'époque de «la prison». Celle d'avant Olivier. Elle ne se reconnaît plus.

Ce carnet, qui la suit depuis son enfance, est une sorte de journal de bord, comme en tiennent les marins lorsqu'ils naviguent. Ariane, elle, se sent plutôt comme une naufragée, ce soir. Elle aimerait bien écrire quelques phrases qui commenceraient avec le verbe être, comme dans être amoureuse. Mais le malheur, c'est que depuis cette fameuse soirée, Olivier n'est pas revenu à la boutique...

«Peut-être qu'il a fait l'amour avec moi comme il le fait avec n'importe qui? Qu'est-ce qui peut m'arriver de pire, maintenant? Être enceinte ou attraper le sida?»

Le coeur gros, Ariane s'allonge sous les draps et fixe son ciel de lit.

— Ça ne va pas, ma petite pitoune?

Paule vient d'entrer dans la chambre d'Ariane comme elle le fait depuis toujours en revenant du travail. Juste à voir les yeux bouffis de sa fille, elle sait que ça ne tourne pas rond.

Ariane sent qu'une question aussi simple peut la faire éclater en sanglots. Oui, elle a besoin de se confier, mais elle craint aussi que sa mère ne comprenne rien à rien.

— Laisse-moi tranquille. J'ai de la peine. Je me sens seule. J'ai l'impression que personne ne m'aime.

Essuyant une larme qui est sur le point de déborder sur sa joue, Ariane se tourne sur le côté pour se dérober au regard de sa mère et elle rabat les couvertures sur son front.

Inquiète, Paule s'assoit sur le lit et passe doucement sa main sur les cheveux de sa fille.

— Je sais que tu ne veux rien dire, mais moi j'ai besoin de te parler. Tu avais raison. L'autre soir, après la fête, j'étais bouleversée à cause de qui-tu-sais, et j'ai été injuste envers toi. Mais le pire, c'est que j'ai agi d'une manière qui m'a rappelé ma propre mère.

Ariane ne sait pas trop où Paule veut en venir, mais elle est rassurée d'entendre sa voix à nouveau pleine de chaleur.

— La première fois que j'ai fait l'amour, j'avais dix-sept ans. Ça s'est passé un 21 mars. Je m'en souviens très bien parce que c'était la première nuit du printemps. Au ciné-club du cégep, après un film, mon professeur m'a invitée à sortir avec lui. Nous sommes allés dans un bar. J'ai bu. Nous avons parlé. Et puis, je me suis retrouvée chez lui, dans ses bras. Je ne me rappelle plus les détails, mais tout ce qui me revient en mémoire, c'est que c'était bon, qu'il était doux et surtout que j'étais heureuse de devenir une femme.

Surprise d'entendre sa mère lui révéler cette page insoupçonnée de son histoire, Ariane dégage soudain son visage des couvertures.

— Tu ne m'avais jamais dit ça...

— Il y a autre chose que tu ne sais pas. Quand ta grand-mère a appris que je n'étais plus vierge, elle m'a traitée de tous les noms et m'a fait beaucoup de peine. Je lui en ai longtemps voulu, mais en vieillissant, j'ai compris que sa réaction était à peu près normale, compte tenu de l'époque. Tu sais, il y a vingt-cinq ans, toute la société était en pleine ébullition. On parlait de liberté, d'amour libre et, pour ma mère, toutes ces idées nouvelles étaient bouleversantes. Avec le temps, j'ai finalement compris qu'elle était tout simplement inquiète et que c'était sa façon de me dire qu'elle m'aimait.

Tout en continuant de border sa fille, Paule raconte des choses qui sont sur le point de faire fondre le coeur d'Ariane.

— Je m'étais toujours promis d'agir autrement avec ma propre fille. Je suis passée à côté et j'espère que tu vas me pardonner. Il n'y a pas de cours qui enseigne comment devenir une mère parfaite. Mais je veux que tu le saches: tu es la personne la plus précieuse de mon existence. Je t'aime et tout ce que je souhaite, c'est que tu sois heureuse.

Émue, Ariane prend Paule par le cou, la tire avec elle dans son lit et se pelotonne contre sa mère, comme elle le faisait petite.

— Moi aussi, je t'aime. Des fois, je te trouve pénible, mais j'imagine que ce n'est pas toujours simple d'avoir une fille comme moi. De toute façon, je souhaite qu'on soit toujours des amies.

Allongées côte à côte, toutes deux demeurent un moment silencieuses. Puis, Paule regarde Ariane dont les paupières commencent à s'alourdir et elle bâille elle aussi de fatigue.

— Le temps passe tellement vite. Je me souviens encore de l'époque où tu étais une petite fille comme si c'était hier. Ton père te prenait dans ses bras et te regardait comme la huitième merveille du monde. Il te racontait des histoires pour t'endormir. Te rappelles-tu les quatorze marmites?

Oui. Ariane se souvient à peu près de ce conte à faire frémir les poils du nez. Elle avait peut-être sept ou huit ans et c'était bien avant que l'horreur se pointe dans la vie de son père.

— Il était une fois un monstre petit, laid et chauve, commence Paule.

— Comme Claude, ton macho grosso, ajoute aussitôt Ariane en souriant, les yeux fermés.

— Oui, mais lui, tu peux être sûre qu'on ne le reverra plus jamais...

Enfin apaisée, Ariane se laisse tranquillement gagner par le sommeil, mais elle trouve encore la force de poser quelques questions.

— Papa, est-ce que tu penses encore à lui des fois? demande-t-elle.

Tournant les yeux vers la fenêtre, Paule regarde les branches dénudées du bel arbre qui se trouve devant la maison.

— Souvent. Très souvent. Parfois, je lui parle comme s'il était encore là.

— Tu l'aimais beaucoup?

— Le jour où je l'ai rencontré, j'ai tout de suite regretté qu'il n'ait pas été le premier et le seul homme dans ma vie...

Écoutant le souffle régulier d'Ariane, Paule se relève délicatement et contemple un dernier instant, avec émotion, le corps de sa fille. Puis, elle se glisse hors de la chambre sur la pointe des pieds.

**

Le vent soulève les feuilles mortes et surtout les pages de journaux éparpillées sur le trottoir, projetant tout ça très haut dans le ciel. Au cours des deux dernières heures, le mercure a baissé d'une dizaine de degrés. Puis, sans avertir personne, surtout pas les météorologistes, il a soudainement plongé sous zéro. C'est souvent comme ça que l'hiver arrive à Montréal, même au début de novembre.

Enveloppée dans une vieille couverture trouée, dénichée dans une ruelle, Nuisance Publik est couchée sur le plancher du hangar désaffecté qui lui sert de repaire. Elle grelotte de froid.

Il y en a qui disent que le plus difficile, c'est le temps. Le faire passer. Une journée dans la rue, c'est long, surtout quand il fait froid. Mais pour moi, le pire, c'est de perdre confiance dans la race humaine. Apprendre à se méfier.

La semaine dernière, pourtant, tout allait bien. Je m'étais postée sur le trottoir, juste en face de la boutique où travaille la fille de la vitrine.

Même si j'étais de l'autre côté de la rue, je pouvais voir les gens fêter à l'intérieur. C'est fou, j'espérais pouvoir l'attirer dehors. Je savais que j'avais gaffé l'autre fois, sur le trottoir. Je voulais lui parler, lui dire surtout que je ne suis pas aussi sauvage qu'elle pense.

Il ne faisait pas froid comme maintenant et je suis restée plantée là pendant des heures à attendre. De toute façon, les fêtes, ça me réchauffe au moins le coeur, à défaut du reste.

Plus tard dans la soirée, j'ai vu la fille sortir avec une autre femme plus vieille qu'elle, probablement sa mère. Elles parlaient fort, se chicanaient toutes les deux.

C'est là que j'ai décidé de les suivre, je ne sais pas trop pourquoi... Je ne fais jamais ce genre de choses, mais je voulais me rapprocher d'elles, savoir ce qui se passait. J'ai même eu peur que la fille ait des problèmes.

J'ai marché derrière elles, tout en gardant une certaine distance parce que je ne voulais pas leur faire peur.

Quand la fille est rentrée chez elle, je suis restée là, sur le trottoir, juste en face de sa maison. Quelques minutes plus tard, une lumière s'est allumée au deuxième étage. Puis, j'ai vu la fille de la vitrine venir à la fenêtre. J'ai reconnu sa silhouette. Après un petit moment, elle a disparu de ma vue.

Ensuite, j'ai repris ma route. La nuit était belle et pour une fois, depuis longtemps, j'étais heureuse.

En mettant le pied dans la cage d'escalier qui mène à mon repaire, j'ai tout de suite senti que quelque chose ne tournait pas rond. D'abord, de drôles d'odeurs flottaient dans l'air et j'entendais des voix, des cris.

J'ai déjà pensé que j'attirais le malheur. Cette fois, c'était vrai. Ils étaient là: deux crânes rasés saouls morts, des bouteilles de bière éclatées autour d'eux.

J'ai pris mon courage à deux mains et je leur ai demandé de décamper. L'un des deux m'a regardée d'un air farouche. Pour toute réponse, il a vomi sur le plancher.

C'était trop! Mon repaire est loin d'être un château, mais c'est mon territoire. J'ai crié, j'ai essayé de les frapper avec le vieux bâton de baseball que je garde toujours à côté de la porte. Ils ont été plus rapides que moi!

La seconde d'après, ils m'avaient déjà saisi les bras et les jambes et plaquée sur le plancher, le visage écrasé dans la vomissure. J'ai senti un coup sur ma tête et plusieurs autres dans mes reins. Ils me retenaient toujours, je ne voyais plus rien, mais je les entendais se parler. Le plus maniaque des deux disait qu'il avait envie de sensations fortes et qu'il voulait m'achever.

Heureusement, l'autre me trouvait probablement déjà assez amochée. Il s'est contenté de faire sauter les lacets de mes chaussures magiques avec une sorte de petit poignard avant de me les arracher des pieds. Finalement, je les ai entendus se pousser en hurlant comme des damnés. Après leur départ, j'ai dû plonger dans une sorte de coma, parce que je ne me souviens plus de rien.

Ma tête! Quand j'ai ouvert les yeux, au moins un jour plus tard, j'ai pensé qu'elle allait éclater. J'étais encore vivante, mais sous mes doigts, je sentais que mon visage était enflé.

Avec le peu de force qui me restait, j'ai réussi à attraper mon gros sac de toile. J'en ai tiré un vieux chandail que j'ai enroulé autour de mon front. Je n'en pouvais plus. Dans ma bouche, le goût salé des larmes se mêlait à celui du sang.

Tout ça est arrivé la semaine passée. J'ai encore un mal de tête épouvantable, mais ce qui me dérange le plus, c'est de m'être fait voler mes chaussures magiques.

C'est le cas de le dire, je suis une vraie va-nu-pieds, maintenant. Qu'est-ce qui va m'arriver demain et après-demain? Je ne le sais pas encore. Dehors, ça sent déjà la neige à plein nez.

Chapitre 8

Les souvenirs d'Olivier

«Plus que jamais, soyez audacieuse et entreprenante. L'homme dont vous venez de tomber amoureuse ne pourra que succomber à vos charmes.»

Entre les pages parfumées d'une revue de mode, voilà ce que l'horoscope de novembre annonce aux natives du Bélier. Il n'en faut pas plus pour qu'Ariane décide de passer à l'action.

Cette fois, son plan est très simple et, puisque même la configuration des planètes lui est favorable, tout devrait fonctionner à merveille.

Ariane est d'ailleurs tellement convaincue

du succès de son entreprise que, dès le matin, elle s'est habillée, coiffée, maquillée comme pour un soir de sortie. Elle a aussi averti Paule qu'elle rentrerait tard, à cause d'un travail spécial dans l'arrière-boutique. Maintenant, il ne lui manque plus que la permission de Gilles pour expédier une lettre par télécopieur.

— À moins que ce soit à Tombouctou ou Chibougamau, pas de problème! répond-il de son ton habituel.

Encouragée, Ariane réfléchit quelques instants pour bien choisir ses mots. Finalement, elle écrit:

Olivier,
Depuis que je t'ai rencontré, je ne peux plus vivre comme avant. Je dois te parler. C'est important. Veux-tu me revoir? Moi, oui.
Ariane et sa robe de mariée

Et elle s'arrête là. Elle fera le reste de sa brûlante déclaration en personne.

La réponse n'a pas tardé. Au début de l'après-midi, Olivier a téléphoné à la boutique et il a invité Ariane à le rejoindre dans un petit restaurant de la rue Mont-Royal, tout de suite après son travail.

Ariane sait que son manège est dange-reux. Mais, folle de joie, elle a déjà tellement hâte d'embrasser Olivier, de se serrer contre lui, qu'elle ne tient plus en place.

«La prochaine fois, on fera l'amour à trois: Olivier, son condom et moi», jure-t-elle, pleine de bonnes intentions.

Lorsque Ariane regarde sa montre pour la trentième fois, il est enfin dix-huit heures pile. Tout en s'efforçant de paraître calme et naturelle, elle enfile le dernier blouson de sa collection, celui qui affiche «Je t'aime», elle salue Gilles et déguerpit vers son rendez-vous.

«Ça y est. Cette fois, il faut que ce soit la bonne», se dit-elle en entrant dans le restau-rant où Olivier l'attend.

Après tous les plans qu'elle a échafaudés, Ariane est d'abord un peu déçue de constater qu'Olivier est déjà assis en train de manger une pizza, tout en feuilletant une revue de mode. Et puis, il n'a même pas l'air nerveux ou fébrile d'un véritable amoureux.

Ravalant sa déception, elle affiche son plus beau sourire.

— Salut! Je suis contente de te voir.

Olivier l'embrasse rapidement sur la joue.

Il s'excuse d'avance, prétend qu'il a peu de temps et beaucoup de choses à faire en soirée.

Peu importe, Olivier est toujours aussi beau et Ariane ne se prive pas pour le dévorer des yeux. Pourtant, aujourd'hui, il a l'air distant, presque mal à l'aise.

En parfait gentleman, Olivier demande à Ariane si elle a faim et s'informe distraitement de son travail. Bref, il s'adresse à elle comme à une parfaite inconnue.

Ariane est sensible à ces détails, mais elle s'efforce de conserver son entrain. Après tout, si Olivier lui pose des questions, c'est qu'il s'intéresse à elle.

— Quel âge as-tu? lui demande-t-il.

— Quinze ans, presque seize.

— Ah! Je te pensais plus vieille... Qu'est-ce que tu veux faire, plus tard, dans la vie?

Profitant de l'occasion, Ariane retire son blouson et le place bien en évidence sur la table d'à côté.

— Bien, je voulais justement te voir, parce que j'ai un plan. Tu sais que j'ai créé des blousons fantastiques. Gilles dit même que c'est génial et qu'il ne me manque qu'une bonne mise en marché. Quelque chose comme du marketing, je crois. Toi, tu organises des défilés de mode, est-ce que tu pourrais m'aider?

Ariane cherche le regard d'Olivier qui, le nez dans son assiette, découpe un morceau de pizza.

— Peut-être que tu rêves en couleurs, dit-il sèchement.

Là-dessus, Olivier raconte qu'il arrive de Paris où il a travaillé comme assistant dans une maison de haute couture. Là-bas, des projets de collections, il en a vu passer des centaines. Il ajoute qu'il faut travailler fort et posséder de très bons contacts pour réussir et connaître la gloire et la fortune.

Puis, après avoir avalé une autre bouchée, il poursuit:

— Pour qu'une idée fasse son chemin, il faut vraiment qu'elle soit originale... Comprends-tu ce que ça veut dire?

Loin de se dégonfler, Ariane ne veut pas lâcher prise.

— Non, mais je sais que je veux faire des choses avec toi, répond-elle avec ferveur.

Olivier la regarde finalement, l'air ennuyé.

— Ce n'est pas tout à fait comme ça que ça se passe. Le monde de la mode, c'est plus compliqué qu'un conte de fées!

Ariane comprend qu'Olivier la traite comme une enfant, mais elle ne veut surtout pas paraître vulnérable.

— Non, mais quand même, tu n'es pas obligé de me parler comme ça. Un père, j'en ai déjà eu un, lance-t-elle, la voix pleine de colère retenue.

Tout en jouant nerveusement avec ses ustensiles, Ariane sent qu'un flot incontrôlable de larmes brûlantes lui monte aux yeux. Et finalement, des paroles, qu'elle regrette aussitôt d'avoir prononcées, sortent de sa bouche.

— Tu fais l'amour avec moi, sans protection d'ailleurs, et ensuite tu me traites comme une vieille guenille. Veux-tu que je te dise, ma mère pense que tu es un criminel, un irresponsable.

Visiblement contrarié, Olivier arrête de manger et repousse son assiette.

— Si j'ai décidé de venir te rencontrer, c'est parce que je veux m'excuser pour l'autre soir. J'avais bu, j'ai perdu la tête, dit-il posément.

Loin de calmer Ariane, ces paroles la galvanisent.

— Ce qu'on a fait ensemble, ce n'était pas important? Ça ne veut rien dire de spécial pour toi? lui demande-t-elle, en haussant le ton, entre deux sanglots.

— Oui, mais pas ce que tu penses.

Quittant brusquement la table, Ariane attrape sa veste avec la ferme intention de quitter les lieux, mais Olivier la retient et la force à se rasseoir.

— Laisse-moi t'expliquer.

Olivier pose alors sa main sur le bras d'Ariane, tout en caressant doucement le tissu de son blouson.

— J'ai bien connu la personne qui a conçu la robe que tu portais l'autre soir.

D'abord déboussolée, Ariane fait immédiatement le rapprochement avec une autre conversation. L'angoisse noue son estomac.

«Si Olivier connaît la fille de Mme Fiorelli, il sait sûrement que je ne suis pas la vraie conceptrice de la collection Ada...» songe-t-elle, confuse.

Là-dessus, Olivier commande deux cafés et commence à raconter son histoire. Une vraie confession.

— Ada a été l'amour de ma vie. Je l'ai rencontrée au secondaire, quand mes parents ont déménagé à Montréal. C'était une fille originale, fascinante. Le lundi matin, elle arrivait à l'école les cheveux fous, son rimmel coulait sur ses joues, mais je la trouvais toujours belle. Et puis, elle avait toutes sortes d'idées bizarres. Quand elle parlait, ses yeux s'allumaient. Je n'ai pas tout de suite été son ami, mais je me suis organisé pour le devenir.

Olivier se redresse sur sa chaise.

— À part toi, je n'ai connu qu'elle. Je ne suis pas un irresponsable. Tu peux le répéter à ta mère. C'est rare, mais ça existe encore des hommes amoureux, dit-il avec une pointe de méchanceté.

S'étant ressaisie, Ariane écoute Olivier avec attention.

— À la fin du secondaire, Ada a décidé d'aller étudier au cégep, en design de mode. Elle disait qu'il y avait beaucoup d'avenir dans ce milieu, et qu'on pourrait faire des choses ensemble. Moi, je ne voulais surtout pas la perdre, ni même la quitter des yeux une seconde. Je l'ai suivie.

Olivier se tait subitement, mais Ariane veut tout savoir.

— Tu ne dis plus rien? Continue. Pas besoin d'avoir peur, je ne craquerai pas.

— On était toujours ensemble, à travailler comme des fous. Ada avait fait pour nous des plans qui devaient durer l'éternité.

Elle voulait que nous formions une équipe, unis pour toujours dans l'amour, la mode et les affaires. On devait fonder une compagnie. Elle s'occuperait de concevoir les collections, moi, de toutes les choses pratiques.

Olivier soupire faiblement.

— C'était simple. Ada m'aimait. J'aimais Ada. Pour elle, la vie, c'était manger, rire, faire l'amour et même se chicaner avec moi.

— Vous vous chicaniez? demande Ariane, surprise.

Le regard lointain, Olivier sourit avec nostalgie.

— Oui! Des fois, j'étais jaloux de son succès. Surtout quand elle a gagné le premier prix et moi le deuxième.

Triste, Olivier baisse les yeux, puis la tête, comme si, soudainement, il ne voulait plus rien ajouter.

— *Anyway*, c'est la vie, conclut-il.

Ariane se souvient alors vaguement de ce que Mme Fiorelli lui a raconté.

— C'est toi, le garçon qui devait l'épouser et partir avec elle à Paris? demande-t-elle, bouleversée.

Le regard fixe, Olivier semble plongé dans ses souvenirs.

— Un soir, il y a environ un an et demi, j'étais avec Ada dans le hangar derrière la maison, chez les Fiorelli. Comme on partait pour plusieurs mois, j'avais décidé de fabriquer une caisse de bois pour transporter toutes nos choses.

Olivier avale quelques gorgées de café, comme pour se donner le courage de poursuivre.

— Je travaillais avec un pistolet pneumatique. C'est un outil qui appartenait à M. Fiorelli et qui fonctionne avec de l'air comprimé. Ada était très belle ce soir-là. Elle était heureuse. Elle riait même encore quand un des clous est parti comme une balle, a rebondi sur le madrier et est allé se planter dans sa tête.

Le doigt pointé sur sa tempe droite, Olivier continue de parler comme si les événements se déroulaient encore sous ses yeux.

— Ada n'en est pas morte, mais le médecin nous a avertis: à cause de l'accident, elle venait de perdre une partie de sa mémoire. Tout son passé. Elle ne reconnaîtrait plus personne de son ancienne vie, ni son père, ni sa mère, ni moi...

— Qu'est-ce qui lui est arrivé? demande Ariane qui se surprend tout à coup à attendre la suite de cette histoire abracadabrante.

— Ensuite, les malheurs se sont succédé dans la famille. En février, M. Fiorelli est mort d'une crise cardiaque dans le sous-sol de son magasin pendant une tempête de neige. Mme Fiorelli a dû envoyer Ada chez son frère à Toronto pour quelque temps. Moi, je suis quand même parti pour l'Europe. Je me sentais vraiment pourri, mais je n'avais pas le choix.

À écouter les confidences d'Olivier, Ariane comprend bien des choses qu'elle n'est pas encore prête à accepter.

— L'oncle a pris soin d'Ada comme de sa propre fille. Il lui a appris à se débrouiller dans les principales rues autour de sa maison. Et puis, un jour, personne ne sait pourquoi, Ada a volé 200 $ à son oncle et elle s'est sauvée.

Olivier sort alors son portefeuille et en tire une coupure de journal légèrement jaunie qu'il déplie avec précaution avant de la montrer à Ariane.

— C'est elle, ajoute-t-il simplement.

Olivier lui explique que la photo a été retouchée par les ordinateurs de la police, pour ajouter des détails correspondant à la dernière description de sa fiancée. Ariane s'empare du morceau de papier.

Sous le titre «DISPARUE», et à travers la trame grise du journal, Ariane distingue le visage d'une jeune femme aux cheveux longs, avec de grands yeux noirs au regard fixe. Bien différente de la photo scolaire qui trônait chez Mme Fiorelli, Ada a pourtant des traits familiers.

— Les policiers pensent qu'elle est peut-être revenue à Montréal, maintenant. Mais la dernière fois qu'Ada a été vue, c'est à Toronto. Les gens qui l'ont reconnue ont déclaré à la police qu'elle portait des bottes Doc Martens rouges. C'est quand même assez rare!

Ces dernières paroles font sursauter Ariane, mais elle est encore trop ébranlée pour pouvoir parler. Elle a besoin de temps pour digérer toutes les émotions qui l'assaillent et, surtout, pour décider ce qu'il convient de faire.

— Tu l'aimes encore? demande-t-elle un peu triste.

Lui pressant alors doucement la main, Olivier la regarde avec beaucoup d'affection.

— La première fois que je t'ai vue à la boutique, tu m'as fait penser à elle. D'une certaine manière, même si Ada a le teint olive et de longs cheveux noirs bouclés, vous vous ressemblez un peu, surtout quand tu ris. Et puis, j'ai eu envie de toi, parce que la robe que tu portais me rappelle la seule personne que j'ai aimée. Et aussi parce que tu es très belle... Un jour, je sais que quelqu'un sera là juste pour toi.

Cette fois, c'est trop! Ariane en a assez entendu.

— Olivier Légère, tu m'écoeures. Tu veux jouer à l'homme rose pour me consoler. Ça ne marche pas du tout!

Chapitre 9

Voyage au bout de la rue

Ariane ne sait plus où aller. Si elle rentre chez elle avec le visage décomposé, Paule cherchera sûrement à lui tirer les vers du nez et, pour l'instant, elle n'a aucune envie de raconter ce qui lui arrive.

Laissant ses jambes, ses pieds décider pour elle, Ariane erre dans la ville, son baladeur rivé à ses oreilles. Sur les accords de fin du monde qui retentissent dans sa tête, elle revoit le film des événements passés et tente en vain d'en effacer les images les plus pénibles.

Si elle le pouvait, Ariane préférerait sûrement vivre dans un monde idéal et aseptisé où avoir un corps périssable et un coeur-qui-soupire-parce-qu'il-n'a-pas-ce-qu'il-désire n'existent pas. La réalité! Ariane déteste la réalité!

Depuis une heure, elle a déjà arpenté plusieurs des rues de son quartier entre Saint-Laurent et Christophe-Colomb. Comme elle ne parvient toujours pas à retrouver son calme, elle décide de poursuivre son chemin par la rue Saint-Denis, direction sud.

Humiliée, enragée et finalement triste à mourir, Ariane a autant envie de mordre que de pleurer, comme si ses émotions se promenaient en montagnes russes.

Elle en veut au monde entier et à Olivier en particulier. Pourquoi lui a-t-il caché la vérité à propos d'Ada, de la collection de blousons et de la robe de mariée? Pourquoi l'a-t-il laissée se vanter à propos de «ses» fameuses créations, sans même sourciller? C'est un fou, un maniaque ou quoi? À moins que...

«Oui, c'est ça. Lui, il se croit différent des autres. Il a beau se donner des airs et des titres comme artiste vestimentaire, c'est un vrai macho grosso, comme Claude et tous les autres.»

Sur le trottoir, Ariane marmonne comme

le fait Nuisance Publik et elle continue désespérément de chercher un sens à toute cette histoire.

«Olivier se trompe, c'est sûr. Il trouve que j'ai un beau petit corps, mais au-dessus, j'ai une tête! Et, avec cette tête, je pense et je rêve... Ça, il ne veut pas le voir. Et s'il le voit, je ne comprends pas qu'il passe à côté de moi.»

Et encore...

«Au fond, c'était pourri dès le départ et j'aurais dû m'en apercevoir avant. Olivier ne voulait rien partager avec moi. Il voulait me prendre, puis me jeter.»

Finalement...

«C'est sûr, je ne suis pas assez bien pour lui. Lui, il ne fréquente que des belles filles, des plus-que-parfaites de défilés de mode qui l'écoutent et qui répondent comme des animaux dressés au moindre claquement de doigts. Si c'est ça l'amour, pour moi c'est fini pour toujours!»

À force de s'apitoyer sur son triste sort, Ariane devient de plus en plus sombre. Par moments, son visage s'inonde de larmes, mais aussitôt elle essuie ses yeux et son nez sur la manche de son blouson. Elle continue de marcher dans le brouillard épais qui, ce soir, enveloppe graduellement les gens et les choses.

Ariane se jure qu'on ne la reprendra plus jamais à ce jeu. Puis, elle se console du mieux qu'elle peut en élaborant des plans de vengeance.

«O.K., Olivier Légère, tu en aimes une autre. Ta belle Ada, tu la cherches depuis des mois, mais tu ne la retrouveras pas. La seule personne qui pourrait t'aider, c'est moi, et je n'ai pas l'intention de le faire...»

Pour l'instant, Ariane est tellement empêtrée dans son drame personnel qu'elle se fout complètement du reste du monde. Dans son périple, elle croise même, sans les voir, des dizaines de sans-abri qui l'interpellent pour lui quêter de l'argent.

— J'arrive de la Gaspésie. Je n'ai pas mangé depuis deux jours. De la monnaie, s'il vous plaît...

Pour éviter de les entendre, Ariane pousse le volume de son baladeur au maximum et fonce droit devant elle.

«De toute façon, je n'ai pas assez d'argent pour sauver le monde, et j'en ai déjà trop de mes problèmes.»

Marchant au rythme de sa fureur, Ariane s'engage alors dans une ruelle où le brouillard se fait plus dense. Là, au moins, elle aura la paix une fois pour toutes.

«Après tout, Olivier a peut-être raison, je mérite mieux. Un jour, des hommes, j'en aurai des centaines qui viendront se jeter à mes pieds, me suppliant de les aimer juste un petit peu.»

Cette pensée, doublée de la vision invraisemblable d'une file d'hommes gémissant sur son passage, la fait sourire un instant.

Soudain, Ariane sent une présence indésirée derrière elle. Elle retire ses écouteurs et tend l'oreille, attentive aux pas qui résonnent lourdement sur l'asphalte.

C'est sûr, elle est suivie!

— Salut, les belles cuisses! Habites-tu encore chez ta môman?

La voix est inquiétante et Ariane presse le pas. Loin d'être démonté, l'inconnu se rapproche.

— T'es pas obligée de marcher si vite. Je te ferai pas mal.

Paniquée, Ariane agrippe les courroies de son sac à dos et se met à courir. Chaussée de ses bottes à talons plats, elle sait qu'elle a l'avantage d'être rapide. Déjà, à l'école primaire, elle gagnait toujours les concours de vitesse.

Au bout de la ruelle, Ariane débouche dans une rue peu fréquentée à cette heure. L'homme est toujours à ses trousses.

Le coeur battant, Ariane prend ses jambes à son cou et traverse la rue, évitant de justesse le pare-chocs d'une auto qui freine dans un crissement de pneus.

«Il ne m'aura pas», se dit-elle.

Rendue sur le trottoir opposé, Ariane enjambe rapidement la chaîne qui relie les blocs de béton en bordure d'un terrain vague. En évitant les cailloux et les flaques d'eau à moitié gelées, elle court à perdre haleine vers le seul édifice éclairé à proximité.

Après quelques secondes qui semblent durer une éternité, elle finit par atteindre la porte du terminus d'autobus, rue Berri. L'endroit est minable et déprimant au possible, mais au moins, il y a là des agents de sécurité à qui elle pourra demander de l'aide, au besoin.

Ariane est à bout de souffle. Elle regarde derrière elle: celui qui la poursuivait n'est plus en vue! Soulagée, elle pénètre dans la salle d'attente du terminus et se laisse tomber dans un fauteuil de plastique moulé auquel est attaché un minitéléviseur dont l'écran est éteint.

Autour d'elle, des gens solitaires regardent par terre, d'autres fument en attendant l'heure du départ. Ariane voudrait bien partir elle aussi, échapper à la réalité, s'enfuir au bout du monde pour ne plus jamais revenir. Mais elle n'a pas assez d'argent en poche et, côté courage, elle est moins bien pourvue qu'elle le souhaiterait.

«Qu'est-ce que je fais maintenant?»

Incapable de répondre à cette question, comme à toutes celles qui l'assaillent, Ariane se sent tout à coup misérable, minable.

En quelques heures à peine, tous ses rêves se sont évanouis. Olivier l'a plantée là et il en aime une autre. En plus, Ariane doit bien se l'avouer, elle s'est généreusement nourrie d'illusions et maintenant, il lui faut payer le prix.

«Qu'est-ce qui me reste?»

Ariane se revoit en train de vanter SA collection de blousons, mais elle ne peut s'empêcher de sentir l'ombre d'Ada obscurcir ses rêves dorés.

«Je me suis prise pour une autre, pour elle, Ada Fiorelli. J'ai porté sa robe, j'ai volé ses idées, mais rien de tout ça n'est à moi.»

Depuis qu'elle connaît la véritable identité d'Ada Fiorelli, Ariane n'est plus sûre de savoir qui elle est, elle-même.

La tête entre les mains, Ariane fixe le plancher avec l'impression de flotter au-dessus du vide, lorsque quelqu'un, dont elle ne voit d'abord que les pieds, apparaît dans son champ de vision.

— Tu t'es sauvée de chez vous? T'en pouvais plus, toi non plus...

Étonnée, Ariane relève la tête. Celui qui lui adresse la parole a treize ans au maximum et, avec sa casquette à l'envers, il a l'air d'un ange tombé du ciel. Et, surtout, il a le regard vif d'un enfant très débrouillard.

Ariane lui fait signe de s'éloigner, mais le garçon reste là.

— Essaie pas de m'en faire accroire, je peux tout de suite le dire quand quelqu'un vient de débarquer dans la jungle. Ça fait six mois que je vis dans la rue, je connais tout le monde. Cherches-tu un endroit pour dormir? Si tu veux, j'ai une place, avec une toilette qui fonctionne.

Ariane secoue la tête.

— Non, ce n'est pas ça. Je ne suis pas une sans-abri, moi.

Dans les haut-parleurs de la salle d'attente, une voix nasillarde annonce l'arrivée d'un autobus en provenance de Toronto, cette ville d'où Ada s'est enfuie pour revenir à Montréal.

Ariane repense aux paroles d'Olivier, elle revoit la photo de la disparue dans le journal. Peut-elle vraiment continuer à jouer à l'autruche et se faire croire qu'elle va simplement tout oublier au sujet d'Ada?

Respirant un grand coup, Ariane remet subitement de l'ordre dans ses idées. Elle voit clairement ce qu'elle doit faire. Mais comment? Ada Fiorelli ne s'est pas présentée devant la vitrine depuis un bon bout de temps. Comment la retrouver? Il faudrait qu'Ariane puisse se mettre dans la peau de la sans-abri, penser comme elle...

Pendant ce temps, le garçon à la casquette s'est finalement éloigné et il se dirige vers la sortie qui mène aux couloirs souterrains du métro. Avant qu'il disparaisse complètement de sa vue, Ariane le siffle.

— J'ai besoin de toi. Je cherche quelqu'un, lui dit-elle quand il revient à ses côtés.

Lui décrivant Ada Fiorelli du mieux qu'elle peut, Ariane insiste, entre autres, sur le fait que la fille est de la même grandeur et de la même grosseur qu'elle.

— On se ressemble un peu, mais comme deux demi-sœurs. Oui, c'est ça. Sauf qu'elle serait née en Italie et moi, en Pologne.

La description est confuse et surprenante, mais le garçon continue d'écouter Ariane attentivement.

— Qu'est-ce que tu veux? Travailles-tu pour la police?

Insultée, Ariane répond que non et lève les yeux au plafond, tandis que le garçon l'examine comme pour vérifier si elle dit la vérité. Finalement, il sourit et lui tend la main.

Ariane comprend tout de suite à quoi il s'attend et fouille rapidement les poches de son blouson. Elle lui remet un dollar et le reste de sa petite monnaie.

Sur ce, le garçon fait semblant de réfléchir intensément et dit:

— La fille aux Doc rouges s'appelle Nuisance Publik.

Se rappelant sa fameuse discussion avec Claude le macho grosso, Ariane répète à voix haute:

— ... nuisance publique?

— Oui, on a tous des surnoms. Elle, c'est comme ça, Nuisance Publik. Plus sauvage que ça, tu meurs. Mais au moins, elle est facile à repérer. Ce que je sais, c'est qu'elle entre toujours dans un hangar, derrière une maison abandonnée pas trop loin d'ici. Je peux pas le jurer, mais j'ai l'impression que c'est là qu'elle vit.

Puis, le garçon explique à Ariane comment se rendre au repaire d'Ada.

— Ta main. Montre-moi ta main, demande Ariane.

Plutôt méfiant, le garçon lui présente sa paume ouverte qu'Ariane s'empresse de frapper en guise de reconnaissance.

— Salut et merci! dit-elle.

Ariane ramasse son sac à dos et quitte le terminus.

***

Depuis qu'elle s'est fait attaquer par les crânes rasés, Nuisance Publik n'a pas bougé de son repaire. Avec ce qui lui restait d'énergie, elle est quand même parvenue à mettre ses pieds dans des sacs de plastique. Ensuite, elle les a enveloppés avec les bouts de tissu récupérés en déchirant la poche de coton qui, normalement, contient son butin.

Privée de ses chaussures magiques, Nuisance Publik a perdu tout espoir. Elle est prête à se laisser aller. Pour toujours. La vie, sa vie, est trop absurde. Son chandail miteux enroulé autour de la tête, toute en sueur, elle tremble et claque des dents sans arrêt. La fièvre la fait délirer.

Mon repaire est en train de devenir froid comme un congélateur, mais si j'avais la force de reprendre le trottoir, je saurais où aller. Au bout d'une des rues de la ville, il y a le fleuve dans lequel je pourrais plonger pour l'éternité.

Comme dans un rêve, Nuisance Publik se voit marcher une dernière fois dans la ville, passant même devant le magasin où travaille la fille de la vitrine.

Puis, assise au bout d'un des quais du Vieux-Port, les pieds ballants au-dessus de l'eau glacée, elle fixerait le mouvement des vagues qui coulent lentement vers le large et, plus loin, encore plus loin, vers l'océan. Le vent et la neige lui fouetteraient le visage, mais tout ça n'aurait plus d'importance.

Bientôt, je serai délivrée. Je n'ai même plus peur, sauf peut-être de souffrir.

Nuisance Publik ferme les yeux, puis les ouvre de nouveau en sursaut. À travers son délire, elle croit percevoir des bruits en provenance du premier étage de la maison qui abrite son repaire.

Espèces d'assassins! Ils n'en ont pas eu assez la dernière fois et ils reviennent pour me tuer.

Nuisance retient son souffle. Résignée à mourir comme une martyre, elle décide de se défendre jusqu'au bout de son sang.

Chapitre 10

Rencontre

Vue de l'extérieur, la maison conserve encore l'allure d'un de ces triplex si familiers au paysage montréalais. Et pourtant, elle est abandonnée depuis longtemps, peut-être même une éternité, pense Ariane. Par où entrer, si les portes et les fenêtres sont barricadées?

Le garçon du terminus lui a pourtant conseillé de passer par la porte du hangar, pour ensuite monter au troisième. Mais, en arrivant sur les lieux, Ariane est tellement énervée qu'elle oublie toutes ses précieuses recommandations. Pour pénétrer dans l'édifice, elle se faufile par un trou situé sur le côté de la maison, au niveau de la rue.

À l'intérieur, Ariane découvre un ancien appartement complètement délabré. Des tapis déchirés, une porte sortie de ses gonds et des lambeaux de rideaux dans les fenêtres aux carreaux brisés, c'est tout ce qui subsiste de cette maison qui a peut-être, un jour, abrité des gens heureux. Le reste a été démoli par les vandales.

Ariane relève le col de son blouson et enfonce ses mains dans ses poches. Avançant avec prudence dans la quasi-obscurité, elle évite les condoms crevés, les seringues usagées, les bouteilles vides, les sacs à déchets renversés par terre.

En plus de ressembler à une poubelle, l'endroit est froid, humide et dégouline de partout à cause des trous dans les murs et le plafond. Mais le plus insupportable, c'est l'odeur d'excréments et d'urine qui se dégage de l'ancienne salle de bains.

S'arrêtant un instant, Ariane tend l'oreille et scrute le moindre bruit. Le garçon ne l'a-t-il pas mise en garde contre la présence de certains squatters agressifs? Et s'ils étaient là, cachés dans un coin, n'attendant que la première occasion pour sauter sur elle et lui faire passer un mauvais quart d'heure?

Ariane essaie de ne pas penser, de ne pas céder à la peur, mais elle est à un cheveu d'être complètement paniquée.

Elle traverse rapidement les pièces du devant et elle emprunte un couloir dont les murs à moitié défoncés sont couverts de graffiti aux arabesques infernales. De chaque côté, Ariane entrevoit des chambres vides comme des caveaux mortuaires, mais n'a aucune envie de s'y aventurer.

Passant dans ce qui a dû être la cuisine, elle remarque, à côté du lavabo, un énorme frigo couché sur le côté, porte ouverte, qui, bizarrement, contient des vêtements souillés et déchirés. Dans un frisson d'horreur, elle aperçoit deux gros rats grignotant quelques restes...

Ariane accède finalement à la porte qui mène au hangar. Là, une étroite cage d'escalier s'allonge sur trois étages. Il y fait presque aussi noir que dans la grotte d'une bande de chasseurs préhistoriques. Heureusement, les lumières de la ville s'infiltrent sporadiquement par les fenêtres béantes, dont les volets claquent au vent.

Grâce à ce semblant d'éclairage, Ariane s'engage dans le minuscule escalier circulaire. Posant ses mains sur chacune des vieilles marches de bois avant d'y mettre les pieds, elle grimpe avec l'agilité d'un chat de gouttière. Sur son passage, des canettes de bière dégringolent dans un tintamarre métallique.

Après quelques minutes de cette gymnastique bizarre, Ariane parvient enfin au dernier étage du hangar. Elle se retrouve devant une dernière porte sur laquelle apparaît le message suivant: «Interdit d'entrer. Ceci est mon territoire. Signé: Nuisance Publik.»

Ariane a presque atteint son but, mais une chose lui échappe encore. Comment Ada Fiorelli, alias Nuisance Publik, réagira-t-elle? Après tout, Ariane et elle se sont à peu près toujours vues à travers une vitre et ne se connaissent pas...

Retenant son souffle, Ariane soulève la clenche de métal qui actionne la vieille poignée et elle pousse lentement la lourde porte de madriers. Elle ne savait pas à quoi s'attendre en entrant dans le repaire d'Ada, mais ce qu'elle voit la terrifie.

Dans la lumière inquiétante projetée par une vieille lampe de camping apparaît Nuisance Publik, la tête enveloppée dans un vieux chandail, un bâton de baseball à bout de bras.

En une fraction de seconde, Ariane comprend qu'Ada est sur le point de lui fracasser le crâne.

— Non! Pas ça! Ada!

Trop tard! Ariane, qui a instinctivement rentré sa tête dans ses épaules, fait un bond sur le côté et évite le coup de justesse. Perdant l'équilibre, elle tombe assise sur le plancher.

Est-ce parce qu'elle entend son véritable nom que Nuisance Publik fige sur place et laisse tomber son bâton? L'air abasourdi, elle fixe Ariane comme le ferait un animal traqué.

«La fille de la vitrine? La fille de la vitrine!»

Nuisance Publik lance alors un grand cri et s'écrase à son tour sur le sol. Elle pleure, elle hurle, donne des coups dans le vide, tandis qu'Ariane la retient du mieux qu'elle peut.

— Je suis ici pour t'aider. Arrête.

À ces mots, Nuisance-Ada commence à se calmer et finit par se blottir contre Ariane. Répétant les gestes que Paule a toujours faits avec elle dans les moments de grande panique, Ariane caresse l'épaule d'Ada avec une extrême douceur. Puis, elle commence à lui raconter ce qu'elle connaît de sa véritable identité.

— Nuisance Publik, ce n'est pas ton vrai nom. Moi, je sais que tu t'appelles Ada Fiorelli.

Nuisance-Ada secoue la tête et demeure fermée comme une huître. Pour l'instant, c'est clair, elle n'a pas l'intention de dire un mot.

La fille de la vitrine prétend qu'elle sait qui je suis. Elle regarde mes pieds et me demande où sont mes chaussures rouges, ce qui m'est arrivé après Toronto.

Je ne vais quand même pas lui avouer que j'ai acheté les bottes avec l'argent volé et que j'ai voyagé de Toronto à Montréal avec ce qui me restait.

Je ne peux pas non plus lui révéler que mes souliers ont des pouvoirs magiques, elle pourrait me prendre pour une folle. Et pourtant, si je continue à rester muette, je perds ma seule chance de m'en tirer.

Voyant qu'elle se bute à un mur de silence, Ariane ne sait plus quoi ajouter.

— Je connais ta mère. Si tu veux, on pourrait...

Cette fois, la réponse est immédiate et Nuisance Publik commence à parler à voix haute, sans s'arrêter.

— Non. Pas elle. Je ne veux pas la voir. Tu ne peux pas savoir. Tu ne me connais pas. J'ai été blessée, gravement blessée. Ma mère aussi m'a raconté qui j'étais vraiment. Elle avait même des papiers pour le prouver. Mais elle ne peut pas comprendre comment je me sens et elle passe son temps à regarder les photos de celle que j'étais avant. Elle me pousse dans le dos pour que je redevienne sa parfaite petite Ada. Et moi, je ne peux plus le supporter. Tout ce qu'elle me dit me décourage, m'enrage. C'est pour ça que je ne suis pas retournée chez elle quand je suis revenue à Montréal. Elle ne veut pas voir que je suis devenue quelqu'un d'autre.

À son tour, Ariane demeure silencieuse. Si Ada savait combien toutes ses paroles touchent son cœur... Pourtant, ce n'est vraiment pas le moment d'encourager cette fille à s'apitoyer sur son sort. Cherchant les mots justes, Ariane dit finalement:

— Je te comprends. Ma mère non plus ne me voit pas comme je suis, mais au moins, je suis sûre qu'elle m'aime. La tienne aussi t'aime. Et puis, il y a Olivier qui t'attend.

— Olivier...

Ada répète le nom, les yeux dans le vague.

— Non. Lui aussi m'a abandonnée. J'avais besoin de lui, et il est quand même parti dans un autre pays. Je ne lui en veux plus. Je l'aime encore, mais je ne veux pas qu'il me voie dans l'état où je suis.

Ariane retire son blouson et le dépose sur les genoux d'Ada.

— Regarde. C'est lui qui t'envoie ça. Il te cherche.

Ada prend le vêtement entre ses mains, l'examine, tout en passant ses doigts sur les mots «Je t'aime» brodés en écusson sur le devant. Puis, elle se remet à pleurer sans retenue.

— Olivier ne m'a pas oubliée? Il est revenu? Tu le connais? demande-t-elle, entre deux sanglots.

Ariane ne répondra sûrement pas à toutes ces questions à la fois. Pas maintenant, peut-être un jour ou même jamais...

Contemplant le petit hangar qui contient tout l'univers de la sans-abri, Ariane comprend que ce qui importe, c'est de jouer le tout pour le tout, afin de convaincre Ada de revenir à la vie.

— La boutique où je travaille fait affaire

avec Olivier. Mon patron veut relancer ta collection de blousons zazous et j'ai moi-même commencé à travailler sur le projet. Est-ce que tu te souviens de les avoir créés? Sais-tu que cette idée vient de toi?

Ada regarde devant elle, comme si elle fouillait loin, très loin au fond de sa mémoire trouée. Elle semble déconcertée. Elle prend le blouson et le serre contre sa poitrine.

— Ce n'est pas possible... C'est trop beau. Moi, je ne suis bonne à rien.

Repensant aux événements des derniers mois, Ariane réplique aussitôt.

— C'est faux. Si tu savais tout ce que j'ai appris grâce à toi, tu n'en reviendrais pas.

Incrédule, Ada tourne alors la tête vers Ariane.

Dans la lumière vacillante, Ariane remarque la cicatrice sur le front, les yeux cernés, les lèvres bleuies par le froid et comprend soudain qu'Ada est en très mauvais état. Elle pose la main sur son front.

— Tu fais de la fièvre et on gèle ici. Il faut faire quelque chose. Veux-tu venir avec moi?

Ada fait signe que oui.

— Attends-moi. Ne bouge pas, lui dit Ariane.

— Non, reste. Ça me fait du bien de te

parler. Si tu n'avais pas été là, je serais probablement morte. C'est quoi ton nom, pour que je m'en souvienne?

Fouillant nerveusement dans son sac à dos, Ariane en retire un bout de papier. Avec la pointe de son crayon à lèvres rouge, elle écrit «Ariane Doucette-Adamcewski», en soulignant les initiales de son nom.

Puis, elle se lève rapidement et, avant de partir, elle se tourne vers Ada.

— Fais-moi confiance. Tu vas t'en sortir. C'est promis.

Cette fois, Ariane n'a pas le choix. Elle pense un instant à son père qui a été assassiné par un fou du crack, alors qu'il n'avait que 33 $ dans ses poches de chauffeur de taxi. Rassemblant tout son courage, et ce qui lui reste d'argent, elle décide de ramener Ada dans un de ces véhicules d'enfer.

***

Ce jour-là, veille de Noël, la première grosse bordée de neige vient tout juste de se déposer sur le sol. Épaisse et floconneuse. Le ciel est complètement dégagé et le soleil qui fonce à une vitesse folle sous la ligne d'horizon jette un dernier flash rose sur Montréal.

À cette heure du jour où il fait déjà presque nuit, la boutique Pelures est fermée, mais dans l'arrière-boutique se tient une réunion très particulière.

Pour l'occasion, l'entrepôt est décoré de branches de sapin parsemées de petites lumières blanches. Le vieux plancher de bois reluit comme il se doit en ce jour de fête. Mme Fiorelli, Gilles, Estelle, Paule, Olivier, Ariane, ils sont tous là et forment un cercle autour d'Ada.

Toute vêtue de blanc, avec ses beaux cheveux noirs et ses yeux à nouveau grands ouverts sur le monde, Ada s'assoit sur un petit banc, face à la machine à coudre. Avec le sérieux et la concentration d'une pianiste, elle pose ses mains sur le meuble, en l'examinant attentivement.

Avant de s'exécuter, elle se tourne un instant vers Ariane et elle lui demande, une lueur toute particulière dans les yeux:

— Comment s'appelle cet instrument?

Ariane, soudain aussi inquiète qu'une mère pour son enfant, est tout de même hypnotisée par le miracle qui se prépare.

— Une machine à coudre, répond-elle.

Le moment est grave et un lourd silence s'installe dans l'arrière-boutique.

Déterminée, Ada passe le fil dans le chas de l'aiguille et elle place minutieusement la pièce de tissu sur le plateau de la machine. Puis, à la surprise de tous, elle pose son pied sur le levier qui actionne le moteur et, guidant le tissu avec une dextérité insoupçonnée, elle effectue sa première couture droite.

Dans l'arrière-boutique, le ronronnement de la machine à coudre fait autant d'effet que la plus transcendante des musiques.

Mme Fiorelli, un peu en retrait derrière sa fille, sort un mouchoir de son sac à main et éponge ses yeux. Ne pouvant plus contenir ses émotions, elle chuchote avec fierté à l'oreille d'Estelle:

— Vous voyez! La spécialiste du cerveau l'avait dit. Ada a tout oublié de son passé, même le nom des choses. Mais si on lui donne la chance de le prouver, elle est aussi habile qu'avant. Je le savais. Après tout, c'est ma fille...

Fascinée, Estelle observe les gestes d'Ada, aussi précis que les siens, et elle sourit.

— Parfait! C'est parfait! répond-elle à Mme Fiorelli. Gilles parle déjà d'engager une nouvelle employée et moi, il y a un petit bout de temps que je songe à prendre ma retraite. Vous savez, j'ai un gros chat gris très affectueux à la maison et j'ai des projets de voyage à la Barbade.

Toujours penchée sur la machine, Ada coud maintenant avec fougue. Sous ses doigts, le tissu défile à vive allure, aussi vite que les jours écoulés depuis sa rencontre avec Ariane.

Maintenant, je sais que j'ai eu raison d'y croire. De croire que la fille de la vitrine pouvait m'aider. C'est grâce à elle si je ne suis plus sur le trottoir et je ne suis pas prête de l'oublier.

J'ai aussi compris qu'il fallait que j'accepte de savoir quels morceaux de moi j'avais perdus. Mais ils existent toujours et je peux les retrouver, si je veux. Après tout, je suis la même depuis ma naissance, et il y a autour de moi des gens qui m'aiment...

C'est vrai, j'ai longtemps pensé qu'Ada Fiorelli ne pouvait plus exister après son accident. Mais aujourd'hui, je suis prête à porter son nom, le mien.

Ada s'arrête subitement de coudre et regarde tout le monde en souriant. Puis, Olivier commence à applaudir et, aussitôt, tous les autres l'imitent.

L'ambiance est maintenant à la fête. Gilles fait jouer le seul disque que tout ce beau monde peut écouter ensemble: *Abbey Road* des Beatles.

De son côté, Paule commence à circuler en distribuant des morceaux de hareng mariné servis sur du pain noir. Cela fait partie d'un rituel qui lui a été légué par les ancêtres de la famille Adamcewski et par son cher mari. Le hareng doit, bien sûr, être accompagné de deux petits verres de vodka glacée, un pour chaque pied, à la polonaise!

Au son de la musique diffusée par les haut-parleurs, Olivier s'approche d'Ada, prend doucement sa main et l'invite à danser.

Émue, Ariane regarde Ada, si belle et si heureuse dans les bras de son amoureux. Elle comprend que ce moment est exceptionnel et souhaite que la vie, sa vie, lui en offre un jour un semblable.

«Après tout, quand deux personnes s'aiment vraiment, rien n'est impossible!» se dit-elle.

S'éloignant du groupe, Ariane se dirige vers la porte qui mène à la boutique. Elle s'arrête un instant devant la collection de blousons et va enfin se poster juste à côté de la vitrine.

Ariane regarde dehors. Elle sait qu'elle ne pourra plus jamais voir la rue, le trottoir, de la même manière, puisque c'est là qu'elle a trouvé une amie, presque une soeur.

Ada et elle parlent déjà de créer des vêtements toutes saisons pour ceux qui vivent dans la rue. Olivier trouve l'idée géniale et veut s'occuper de la promotion en organisant un défilé de mode-performance. Ariane ne sait pas trop ce qu'il a derrière la tête, mais ça semble super! Gilles dit qu'il va y penser... On verra!

Qui sait? Ariane retournera peut-être compléter son secondaire. Les jours où la vie sera plus difficile, elle se dira tout simplement que c'est un mauvais moment à passer et elle gardera le moral en pensant à ce qu'elle veut devenir: une grande designer!

Ariane se surprend une fois de plus à rêver. Après-demain, elle reverra Alexis, le beau garçon qu'elle vient tout juste de rencontrer et pour qui, déjà, son coeur brûle d'une nouvelle flamme...

Mais pour l'instant, tout ça est encore un secret que même les deux mannequins de la vitrine ignorent.

Table des matières

Achevé d'imprimer
sur les presses de Litho Acme Inc.

Laboratoire de didactique
Département des sciences de l'éducation
Université du Québec à Hull